Krzysztof Kieślowski & Krzysztof Piesiewicz ●

基耶斯洛夫斯基 & 皮耶谢维奇　电影剧本集

〔波兰〕克日什托夫·基耶斯洛夫斯基　　克日什托夫·皮耶谢维奇　著

BEZ KOŃCA

无休无止·维罗妮卡的双重生活·天堂

PODWÓJNE ŻYCIE WERONIKI

NIEBO

黄珊　刘安娜　译　　邓鹤翔（Damian Jaśkowski）校译

上海文艺出版社
Shanghai Literature & Art Publishing House

克日什托夫·基耶斯洛夫斯基1941年6月27日生于华沙。他的处女作是短片《电车》(1966),当时他还是罗兹电影学院的学生。1969年毕业后,他拍摄了更多的纪录片,其中最有名的是《工人》(1971),讲的是1971年什切青大罢工。他的第一部剧情长片是1976年的《生命的烙印》。《影迷》(1979)为他摘得莫斯科电影节一等奖,也奠定了他在波兰"道德焦虑电影"[1]学派的领军地位。《机遇之歌》(1981)拍摄时,波兰正值"团结运动"[2]爆发之际,官方颁布戒严令后,该片被禁,直到1987年方解禁。《无休无止》(1984)

---

[1]指战后波兰电影的一个经典潮流,主要时间段为1975至1981年。——本书注释均为译者注,不再一一列明。
[2]指由1980—1989年间波兰最大的反对派组织波兰团结工会发起的工人运动,该运动对波兰及东欧政治格局产生深远影响。

是基耶斯洛夫斯基与律师克日什托夫·皮耶谢维奇合作的第一部电影。他们的下一个电影计划便是《十诫》。1990年，他俩合作完成了剧本《维罗妮卡的双重生活》，该片拍摄于法国和波兰，于1991年发行。两人最后合作的作品是《三色三部曲：蓝，白，红》，拍摄发行于1992到1994年间。1996年3月13日，基耶斯洛夫斯基病逝。

克日什托夫·皮耶谢维奇生于1945年10月25日。1970年从华沙大学法律系毕业，之后做了三年实习律师，后决定专攻刑法。1981年戒严令的颁布让他更多地介入政治案件。皮耶谢维奇与基耶斯洛夫斯基初识于1982年，当时后者正在拍摄一部关于戒严令下的政治审判的纪录片。后来基耶斯洛夫斯基就他正在筹拍的电影向他咨询法庭问题：结果就有了《无休无止》。拍摄《十诫》的想法是皮耶谢维奇提议的。他称自己为基督徒，而非天主教徒。皮耶谢维奇与妻子和两个孩子定居华沙。

目录

1
前言

1
无休无止

129
维罗妮卡的双重生活（又名：两生花）

221
天堂

前言

2018年12月的上海,克日什托夫·皮耶谢维奇先生给我们看了克日什托夫·基耶斯洛夫斯基不多的生活照,他指着其中一张瑞士小木屋前的留影和一张套着游泳救生圈的留影,平静甚至严肃地说"看,就是这个家伙"。《基耶斯洛夫斯基&皮耶谢维奇电影剧本集》的出版计划便是在那时进入了细节的讨论。

"1984年到1993年间,我们一起写了十七部电影",皮耶谢维奇曾提起1982年他与基耶斯洛夫斯基相识于华沙一家灰冷的咖啡馆,之后才有了所有的合作,从首部《无休无止》到《十诫》《关于杀戮的短片》《关于爱情的短片》《维罗妮卡的双重生活》和《三色》,以及日后未竟的计划。基耶斯洛夫斯基将两人的编剧工作和剪辑阶段的讨论描述为"难分彼此"。两位克日什托夫的作品向世人提出了恒在的疑惑——"我们为何活着"，当年的波兰、紧接着的欧洲和日后的世界消费主义，令每一个体都孤独地面临着"为何活着"的问题。

1966—1981年间，在《无休无止》之前，基耶斯洛夫斯基已经完成了十九部纪录片，包括纪录片处女作《办公室》（1966）和他决意不拍纪录片前的最后一部《车站》（1980）；担任编导的剧情片十部，包括——纪录剧情片《初恋》（1966）和《履历》（1975）；短片《电车》（1966）、《愿望音乐会》（1967）和《人行地道》（1973）；电视长片《人员》（1975）；以及长片《生命的烙印》（1976）、《宁静》（1976）、《影迷》（1979）和《机遇之歌》（1981）。

回看影片《无休无止》及剧本，这一合作起点已可见对灵魂的探讨，他们在日常中观察着由机遇、决心和自由三者组合而成的个体命运。基耶斯洛夫斯基强调自己在每件事物上都追求一种抽象概念的"超越"，最后，由每一个细察和悲悯镶嵌而成的微观"超越"成了他的作品总和；而皮耶谢维奇则在个体与世界、信仰与规训的命题上，带来了观念的深度和普适性，这让基耶斯洛夫斯基的的电影从《无休无止》开始，亦即

1984年之后，进入了另一阶段，发展并逐步完成了一种安杰伊·瓦伊达（Andrzej Wajda）所说的"悖论式创作"——通过心理学和精神层面的棱镜，观察着当代生活。

《十诫》的灵感起于1983年，律师皮耶谢维奇阅读了《轨迹》一书并在波兰国家博物馆反复观看了一幅匿名油画，画作里道德戒律被引入世俗社会。他向正处于《无休无止》剪辑工作的基耶斯洛夫斯基建议"为什么不拍《十诫》"。1985年后的十个月，他们一起完成了十个电视电影剧本及两个衍生电影版，并在1987年3月开机，拍摄及后期制作共用廿一个月，也就是说，两年时间拍摄了十二部电影。

从1987年12月单片《关于杀戮的短片》的波兰试映，到戛纳电影节的多部放映，及至1989年9月威尼斯电影节的全系列电视电影首映，《十诫》和这位47岁才真正走向世界的电影作者带来的震动是多重的。最首要的是其创作的形式与方法，为当时正经历电影的过度商业化转向和意识形态新命题的欧洲带来了某种振奋。其次，《十诫》在全新定义了电视电影的模式及可能性的同时，对艺术、法律、神学、民族和文化思想界，以及各大洲几十个国家（包括中国）的观众的影响延续至今，而就其中大部分而言，是十分深刻的影响。

二十世纪八十年代，华沙Dzika街公寓大楼若干个窗口延伸出来的故事，由于其所表现的人性、光影和声音的力量，触动了观看者难以言说的经验或想象之地。电影让角色们所背负的道德伦理的无解难题，并未受地域和时间所限，成为每一位当下的观众走出影院时沉思的开端。每部影片由《十诫》的一个句子而来，皮耶谢维奇的职业积累、博览群书和哲学关怀，转化为基耶斯洛夫斯基对场景、摄影机、演员、道具和后期剪辑等等不计其数的确切选择，其中包括那个无名的年轻人，如同复调注解一般现身于每一集，但唯独第十集不见踪迹。

1991年的《维罗妮卡的双重生活》（也译作《两生花》）可以说是《十诫》与《三色》的间奏，基耶斯洛夫斯基的电影由此开启了从波兰到法国的旅程。这部两国双城电影，先后在波兰的克拉科夫和法国的克莱蒙·费朗（以及巴黎）拍摄，它可能暗示着信仰（波兰）和理性（法国）、围绕木偶师的诸多隐喻，以及相似与等同的问题。此外，片中预言般的心脏问题的情节，源自《第九诫》，也使两个维罗妮卡的神秘关联被悬置起来。然而，皮耶谢维奇认为，《双重生活》是一部很难用理性分析的电影。

故事要表现的是分处两地的一个自己和另一个自己，一明一暗的前、后景对峙有美学的考虑，也暗示着两位克日什托夫的"后《十诫》心态"和女性进入主视野后对"实存"与生命意义的仔细掂量。剧本酝酿和动笔的1989—1990年，波兰面临改制，皮耶谢维奇则刚刚遭遇恐怖的家庭悲剧。最后，正如我们所见，电影在"相同者的永恒轮回"和"希望"之间寻找着平衡。基耶斯洛夫斯基曾就此说过，"很难分清剧本哪个地方究竟是谁的想法，……我们两人几乎讨论一切事物。"

电影《双重生活》中，最直观体现剧本字里行间的灵性、预感和未知关联的，便是音乐——由兹比格涅夫·普瑞斯纳（Zbigniew Preisner）创作。在导演仅能提供一个剧本及大致设想的有限条件下，普瑞斯纳成为（可能是唯一的）阅读剧本文字进行创作的电影配曲师。普瑞斯纳与皮耶谢维奇同期加入基耶斯洛夫斯基的故事片创作，一起完成了导演1984年之后的所有十七部电影；也就是说，《无休无止》一片，也启动了这个"导演、律师、配乐师"三位一体的电影团队。

法国制片人马林·卡密兹（Marin Karmitz）怀着极大的认同感和孤注一掷的勇气开启了与基耶斯洛夫斯基的合作项目《三色》，他曾描述说，基耶斯洛夫斯基身上有一种不断折磨着他的自觉性。

《三色》包含着三组数字"3"。首先是片名所指的法国国旗的三种颜色；其次是三个词：自由、平等和博爱；最后，是故事所发生的三个国家和城市：法国巴黎（《蓝》）、波兰华沙（《白》）和瑞士日内瓦（《红》）。《三色》延续着两位编剧的数字游戏，《十诫》的"10"、《维罗妮卡的双重生活》的"2"和《三色》的"3"，可能呼应着的是1981年《机遇之歌》最初的"3"，以及因基耶斯洛夫斯基去世而被搁置的剧本计划——源自但丁的三部曲：《天堂》（当时已完成）、《炼狱》和《地狱》。而《红》结尾处对获救人员的安排，让整个三部曲旋即成为一个电影中的电影。这种含游戏意味的超越，在音乐中也有迹可循——《第九诫》中被虚构出来的荷兰古典音乐家范·登·布登梅尔（Van den Budenmayer），他的作品被《三色》使用，而《无休无止》的葬礼主题曲在《蓝》中重现。

纪录片时代起就以聚焦人和个体现实而与众不同的基耶斯洛夫斯基，其最为之努力的对真实的追求，在《三色》里仍显现在每幅画面的边缘、一场戏的背景或两组镜头的衔接处，甚至是一块糖浸入咖啡的现实时间；这也被认为是"有着纪录片的精确性"。与此同时，另一重真实性来自于皮耶谢维奇，职业律师每日所面对的卷宗让他深感现实之喧嚣，十七部合作电影高度提炼了真实的人和事，而从《无休无止》的题材到最后一部《红》的男主角身份，我们都意识到了隐在深处的那个律师；然而，皮耶谢维奇每次向基耶斯洛夫斯基所建议的下一部电影，都几乎是抽象的概念或哲学命题，包括柏林墙倒塌后，他提出了对自由、平等和博爱的沉思，并认为博爱这个美丽的事物，是真正不可或缺的。

1994年，《三色：红》入围戛纳金棕榈主竞赛，映后的新闻发布会上，基耶斯洛夫斯基表示将不再拍摄电影，随后开始在母校罗兹国立电影学院担任教师。1995年，《红》获美国奥斯卡奖最佳导演、最佳原创编剧和最佳摄影指导的提名，他与皮耶谢维奇一起参加了学院奖典礼。同年夏季在波兰马苏里亚（Masuria）湖区度假时，基耶斯洛夫斯基心脏不适，遂听从女儿开始戒烟。1996年2月24日，他带病参加了波兹南的基耶斯洛夫斯基回顾展，这也是他最后一次公众活动；3月9日，与两名波兰高中刊物的学生记者面谈，成为他接受的最后一次采访。3月12日，手术前一天，他去挚友家道别并借书，离开时一同出门的挚友在其坚持下坐进他的爱车，他炫技般地踩足油门飞驰，而且看来心情极佳。3月13日，克日什托夫·基耶斯洛夫斯基在华沙的医院完成心脏手术后，因又一次心脏病发去世。

波兰导演、他曾经的老师、同事和挚友——克日什托夫·扎努西（Krzysztof Zanussi）回忆最后的病中探访，"那是在他处于危险期的一次告别。……他想知道，什么是他的命运？是什么对他施以的命运？"而此后留下的，他的全部作品及追随者，成了某种意义上的孤儿。

作为《基耶斯洛夫斯基&皮耶谢维奇电影剧本集》中国大陆授权版的首次引进，从酝酿到最终成书，历经多年。期间与克日什托夫·皮耶谢维奇先生在上海、华沙和巴塞罗那的多次见面交流，不仅让本书系的出版事宜日渐成型，更让有机会聆听他睿智之言的我着实受益匪浅。我们也有幸得到克日什托夫·基耶斯洛夫斯基的遗孀及女儿在版权等方面的支持，同时，波兰文化中心为译校工作提供了最大的帮助。

我在此尤其要感谢Julia Frąckowska女士和Damian Jaśkowski先生，他们细致而无私的工作贯穿着本书系从最初意向至片目校译的整个过程；还需要特别感谢Magdalena Czechońska女士，我们所有关于基耶斯洛夫斯基和皮耶谢维奇的电影项目都得力于她最初的支持和长期的帮助。

我还要感谢的有：Jan Jerzy Malicki先生、Zofia Gulczyńska女士、黄琳女士、Paula Gumienna女士和高原女士，他们为本书系的译校和联络工作提供了不可或缺的协助；更有王晔女士，正因她在上海国际电影节期间对《十诫》展映项目的决策支持，让我们之后的诸多计划（包括本书系）成为可能；还需感谢为本书系的翻译工作付出了大量时间和精力的沈河西先生、杨懿晶女士、黄珊女士、刘安娜（Anna Liu）女士和刘倩茜女士等。

本书系的视觉与装帧设计在审美和深度上准确传达了出版初衷和作品的力量，深深感谢朱云雁女士。

倏忽已多年，最关键也最繁杂的出版工作，在上海文艺出版社张翔先生和胡远行先生之专业且敬业的辛勤之下，得以圆满。

王方
2022年10月17日

无休无止

黄珊 译

主人公名叫安东尼·泽罗，跟其他角色不同，他已经死了。

我认为，对于许多人——也对于我——而言，死去的亲人无疑还活在我们身边。他们的目光仍聚焦于我们，评判着我们的言行。尽管他们已无法对事物进程施加任何影响，但每当行差步错，我们冥冥之中常会警醒自己，不要因为我们而让他们蒙羞。他们真的不复有影响力吗？其实我们仍会考虑他们的意见——这种方式的确让他们影响力犹在。我们有时会获得一种未知的启示——那也许正是来自他们。其意味对他们来说不言而喻；于我们，则只表现为一阵心悸。我们看不到他们，却总是感觉到他们就在左近。所以我们是否无须特别说明，《美满的结局》（即《无休无止》）的镜头，可以让我们看到安东尼·泽罗，如同我们看到其他人物一样？那些人物看不到他，但镜头可以。

这跟原先拍活人不同，我们需要解决许多问题。安泰克[1]是否会感到饥渴和寒冷，是否需要上厕所？我们决定，没这个必要。他不具备任何生理和物质需求，只是偶尔没人时，他会为自己点燃一支丢在角落里的烟头——他在世时烟抽得很凶。安泰克并不想回顾自己的人生，尽管他可以。他不想，因为他在那边比我们这边更好，就像所有死去的人那样，安泰克不想回头。所以他就此成为一个旁观者、一个局外人？答案同样是否定的，不然就没有这片子了。他会试图改变一些事，但不成功。他会看到他可爱的、头发剪得紧贴头皮的妻子如何爱他；这带给他的震撼程度，并不比那个让他从此失去影响的案件更低。他看着她怎样自杀，为了达成一个如果不相信以上所有叙述就很难相信的目的：为了和他在一起。

也就是说，尽管会有爱情、死亡和自杀，影片终究还是会给我们讲一个爱情故事？没错。但故事发生在一个鲜明的现代背景下。

让我们落回到具体——如果在这起事件中可以这样表

---

[1]安泰克：安东尼的昵称。

述的话。律师安东尼·泽罗会穿什么样的衣服？裁剪合度的黑色西装，白衬衣配领带，黑色长袜和皮鞋；都是他葬礼上穿的，并且始终这身行头。显然，他不能开口，也不能加入对话。作为观众，我们唯一能从他口中听到的，是他对着镜头的独白。这样的独白将出现三次，也只有在这时我们得以与主人公直接对话，而不是借由别人的话语和看法来了解他；而他也能够利用这个机会面对面地——尽管隔开一定距离——阐述自己的所思所想。但也许还会出现这样的场面：主人公想用某种方式改变故事的进程，会在打字机上删去或输入某个词，或者在无人的房间里接听突然闹响的电话。又或者，当某个人物举棋不定并打算将选择权交给命运时——安泰克会想去帮命运作选择。

安泰克可以无处不在。他无视距离的阻碍，也不用去挤电车和火车。他可以出现在任何他想出现的地方，前提是那里有我们需要的东西。如果没有——他就从画面或整个片段中消失。如有必要，他也可以同时出现在好几个地方，并且我们不会对此特别说明。

1982年秋的一天，安泰克·泽罗像往常一样走出家门，坐进自己的大众汽车，驶出车库，停在门口等候妻子乌尔舒拉，等着一道送10岁的儿子雅采克去上学。汽车预热完毕，乌拉[1]和雅采克仍没出门。安泰克手握方向盘，突然感觉肺里吸入大量空气，却来不及呼出。乌拉和雅采克从家里出来，然后就是所有类似状况下会发生的：绝望的哭嚎，求助的呼告，葬礼和墓地之类的麻烦事，死亡证明，围绕死亡的一系列喧嚣。三天后，一切结束。我们的影片将从第四天早上开始。

1.

安泰克的公寓。内景。

漆黑一片。黑背景上出现片名。钢琴声轻柔而单调，甚至不成曲调。音乐渐弱，或随着字幕跑完静静散去。

安泰克对着镜头开始自己的第一段独白时，天边恰好出现第一道曙光。安泰克的脸先是以窗户上的轮廓出现，然后渐渐清晰。

安泰克 思考死亡的是那些畏惧损失的人……那些害怕失去的人。

比如说，快乐的人害怕快乐被夺走，操纵政治的人永远害怕错失良机，而且永远不会知道谁会是

---

[1] 乌拉：乌尔舒拉的昵称。下文"乌尔卡"同样也是对乌尔舒拉的昵称。

赢家。

而我，我不操纵任何，所以不必知道谁会胜出；我也没幸运到会害怕失去，所以我不会担心死亡。

死亡首先是件麻烦事。人没了，留给后人一堆未竟的事务要处理、放弃，或是代他完成……但这通常只会发生在别人而不是我身上。我才是那个必须揣摩或忘掉别人意愿，让一切尽可能自然进行的人。

汽车发动，妻子像往常一样在磨蹭。我看看表，该死的，该死的乌拉，我蠕动嘴唇低声抱怨，雅采克则一边带球一边从家里跑出来。我打开雨刮器。

妻子终于出现在门口。雅采克抓起乱滚的皮球。广播里说有低气压，我一慌，心头一紧。

我没来得及感到疼痛——只感到恐惧，猛往肺里吸气。

我在想：我种在阳台上的荷兰瓜会长出来吗？

我只来得及想到它，没来得及想结果；也没来得及想她必须记得浇水。

乌拉在朝汽车走来，而我正在远离她。

我看到她试图拉开车门，拉不开，因为我没有松开安全锁。我看到她走到我这边，拉开门，我自上而下俯视着这一切，甚至对这种居高临下的视角有点吃惊，毕竟我的身体一直在驾驶座上。之后——仍是从上方——我看到，我倒向乌拉，倒在她的屁股上。

　　起初我什么也听不见。一定因为我离得够远。耳朵里什么声音都没有，即便她看上去像在尖叫。几个人影出现在窗口。有三个小伙子在推一辆小菲亚特，他们也马上停下看过来，一定是听到了尖叫声。人们跑向她，小菲亚特也被抛在路边，往后滚动了几米。他们在试图把我从车里拖出来。座椅间距很宽，本来并不困难，但我的腿卡在踏板间，怎么使劲也拉不出来。我想礼貌地朝他们靠过去，挪出我的腿，但没有成功。最后有人打开另一扇门，拽出我的腿，把我拖放到草坪上。这片草地是不久前新植的——我闻到它清新的气息，心想着它们还没来得及生出新芽，然后又想到我的那些瓜。天光渐起，此刻我才意识到刚才的一切都发生在黑暗中，像是夜里，但每个细节又清清楚楚。有个家伙，大概刚从垃圾车上跑下来，过来关掉了唱着歌的广播，也就从这一刻，我开始听见声音。雅采克手里抓着球不放，说上学要迟到了。乌拉没理。她趴在我身上，轻声念叨：安泰克，安泰克。我本可以回应她的，但我不想。我很好，很平静。我不再感到平日的虚弱，或是第一根烟抽完后的轻微头痛。我不太在意乌拉的哭泣和雅采克的迟到，而是冷眼旁观，既不开心，也不悲伤。我感觉不到自己的身体，包括口袋里一贯沉甸甸的钥匙。我略作过权衡，如果愿意，我大可以回到自己的身体里，站起来，坐回到车上，送雅采克去上学；可现在这样，要舒服太多了。这大概是我能够回去的最后一刻，因为此后我脑子里再没闪过这个念头。

雅采克问今天是不是不用去学校了，这时乌拉才第一次把目光移向他，开口说：爸爸死了。

漆黑中可以听见轻微的窸窣声，床头柜上有手在摸索；不一会儿，打火机的火焰照亮了安泰克的脸。他点燃一根香烟，深吸一口。借着烟头的火光，可以看到他鼻子和嘴唇的剪影。复归寂静，但仍听得出房间里有其他人，因为背景中的床单在沙沙作响；那是有人在翻身，叹息，在梦里又长又响地放屁。安泰克笑了，继续抽他的烟。

安泰克　——我看着他们给我穿上黑色的西装，看着他们把棺材合上。雅采克大概直到这一刻才意识到发生了什么，哭了。但这触动不了我。我已经知道这里更好也更简单，而我的儿子，他也会在某个时候明白这一点。葬礼上来了很多人，说实话，我很诧异会来这么多人。院长发表致辞，幸好没有提我的名字。从前我和乌拉听到有葬礼致辞是对着死者说的，乌拉会模仿他们的口吻：亲切的、挚爱的安东尼，亲爱的安泰克……我记得当时我们笑得前仰后合。

他们对我极尽赞美,这很正常。然后老拉布拉多凑近乌拉,暗暗提醒她洒下第一抔黄土,因为时候到了。她犹豫,弯腰,从地上揪起一些土——认真打量一番,大概认为少了,因为她又一次弯腰,用双手捧起一把土来。她僵硬地、漫无目的地抛撒泥土,有些撒到了墓穴土墙上。但这触动不了我。我只是不想再继续关注这一幕,便回家了。

我看到我的衬衫还没洗,剃须刀还沾着泡沫,牙刷是不久前从一个精美的包装里新拆的。我走进自己的房间,翻出两百美元,那是我先前换购的,藏在《民法》的封皮里。我把它夹在书桌上的信件中,方便乌拉看到,因为她压根不知道有这笔钱。

天色越来越亮,安泰克灭掉烟。我们看到他在椅子上坐着,窗外晨光熹微,由造型不赖的住宅楼组成的街区渐渐展露轮廓。

安泰克 达莱克的卷宗还在书桌上。本以为这桩案子没结掉会是个遗憾,可现在我不知道是真遗憾,还是仅仅一个闪念。我跟达莱克初次见面就很投缘,少有人会不喜欢这个小伙子。说真的,我对出庭是颇有期待的,为他辩护是想证明今天的法律对人们有点太过苛刻。我知道法律本苛刻,但我想证明的是,它有违道德公理,扼杀人类之间的自然关系。我想说的是,如果法律反对友谊、团结与社群——它就是非道德的。达莱克站出来反对这种法律,实际是在拯救报纸上所谓的"法律与秩序",因此他不是罪犯。我还想问问那些当权者和审判者,法律的任务究竟是团结还是分裂;要知道,任何一个政权都不需要一个分裂的国家,也不必需要它。我没有写下这个观点,只有达莱克知道。看着卷宗,我在想,他是否能够跟接任我的律师准确转达我的想法。

另外,接任者会是谁呢?我心里有人选,不过不抱奢望。我扫了眼桌上文件堆里的那本厚厚的律师名录,名单很长信息很简明,所有名字都一视同仁。

我决定去看看达莱克,这对我来说易如反掌。他还不知道我死了,此刻正在给妻子写信,大概有同监的狱友明天会出去。他在一张小纸片上草草写道:亲爱的约阿莎,告诉大家,我一切都好,仍然坚定。律师两天后会来,我在等他,因为不知道他是否收到了……后面的看不清,因为面前有同事,他藏起了这部分,看不见。

乌拉和雅采克从葬礼回来了,我看着他们睡下——她跟雅采克挤在他的小床上,相拥着哭很久,雅采克安抚她睡着了。她半夜被冻醒,回到了自己床上。

此刻天已经大亮，可以看清房间的布局。安泰克坐在床边不远处一把小椅上。床上的女人蜷作一团。

清晨的宁静被床边突然响起的电话铃声打破。乌拉迷迷糊糊拿起话筒。

托梅克　（画外音）乌拉？

他的声音快活又有力。

哈哈哈哈哈哈喽……我是托梅克。我落地啦。

乌拉　托梅克……你在哪儿？你回来了？

托梅克　（画外音）我在奥肯切机场……刚落地不久。大律师这个点应该还没去上班吧？我到家跟你们聊，你先把电话给他。

乌拉这会儿才清醒过来。她不知道该怎样开口。

乌拉　他不在……

托梅克　（画外音）七点半就出门？才两年啊，你们不至于离婚吧？

这时闹钟大作。乌拉按下按钮，闹钟消停了。

托梅克　（画外音）是闹钟？还好我打电话过来……

乌拉　是的……安泰克死了。

托梅克　（画外音）什么？

乌拉　葬礼在昨天。你晚点再打来吧。

她没等托梅克说话便挂掉电话，把头埋进枕头一动不动。然后缓缓站起。她穿着安泰克平常穿的衬衣，朝他坐着的椅子方向走去。椅子挡路，她轻轻提起，像上面不着一物，即便安泰克就坐在上面；然后把它放到阳台门边。

2.
安泰克公寓的阳台。外景。
阳台玻璃上映出被朝霞染红的公寓楼。乌拉打开门，在一个巨大的木质花钵旁蹲下，我们第一次看到冒头的荷兰瓜。清晨的寒冷让她有点发抖，她朝它们弯下腰，拿起旁边的瓶子，慢慢给这些幼植浇水，一株浇一点。她起身离去。也许是幻觉，那些植物在我们眼里似乎长高了几毫米。

3.
安泰克的公寓。内景。
穿戴完毕的乌拉叫醒雅采克，他睁开眼，眼神清醒。

雅采克　我梦到爸爸了。

乌拉　爸爸？

雅采克　是夜里。他坐在椅子上，你的床边，而我在睡觉。他什么都没说，我叫他，爸爸；可他一句话没说。

他起床，脱掉睡衣，弯腰换上平摊开的衣服。当他以有条不紊的动作检查有没有把内裤穿反时，乌拉用一种惊讶的眼神久久注视他。

安泰克看到乌拉的眼神也看到雅采克的动作，儿子的动作与记忆中自己的晨间动作一模一样。

乌拉　你从来没这样穿过内裤。

雅采克　我穿过。你不记得了，爸爸早上帮过我。

两人吃早餐。

雅采克　你开车吗？

乌拉　没油了，油票都用完了。

安泰克看见杯中满满的咖啡便食指大动起来，乌拉跟往常一样肯定喝不完。

乌拉　我不希望你跟同学们提这事。

雅采克　不会的。今天我不去外面玩了，下课后就回家。

乌拉把头扭向一旁。

雅采克　妈妈……

他顿了顿，直到乌拉把头转过来。

雅采克　瓦本兹基带了一只仓鼠去学校。上语文课时，他把它藏到老师的课桌底下。

乌拉　什么时候的事？

雅采克思考着怎样避开"爸爸去世前"之类的字眼。

雅采克　在……星期三。仓鼠从墨水台的洞里爬出来，那里恰好放着成绩簿。然后整本成绩簿就像是……

他模仿着成绩簿抖动的样子。

雅采克　老师拿开成绩簿发现什么也没有，仓鼠躲回去了。等成绩簿放回去，它又开始……

他模仿着，两人都笑了。

雅采克　老师站起来，它就跑。老师坐回去，它又回来……

雅采克活灵活现地一边学仓鼠的动作，一边学老师的模样。两人开心地大笑，雅采克更是笑得合不拢嘴，杯中的牛奶都挂到下巴上。电话铃声在这个早晨第二次响起。安泰克伸手想接，又缩了回去。乌拉不想接，雅采克用询问的眼神看她。电话响几次后停了。

乌拉　然后呢？老师看到它了么？

电话又响。这次持续得更久。

雅采克　她到最后也没明白我们为什么笑成那样……

乌拉拿起听筒。电话里的女人声音冷静又镇定。

尤安娜[1]（画外音）您好。

乌拉 您好。

尤安娜 （画外音）抱歉打扰。您现在一定不想说话。

乌拉沉默着。

尤安娜 （画外音）我叫尤安娜·斯塔赫。不知道您是否听过这个名字？

乌拉 没有。

尤安娜 （画外音）我打电话来是为了我丈夫的事……我想见您。

乌拉 稍等。

她去卧室拿烟，带着一根烟和烟灰缸回来，惊讶地看着烟灰缸里躺着的烟头。

乌拉 喂？

尤安娜 （画外音）我想见您一面。为了我丈夫的事。

乌拉 我没听清您姓什么。

尤安娜 （画外音）斯塔赫。我丈夫……您丈夫原本负责他的案子。

乌拉 您应该给他的团队打电话……我不清楚……

---

[1]尤安娜：即前文的约阿莎。约阿莎是对尤安娜的昵称。

尤安娜　（画外音）是的，我知道……可这是第一次。我想跟您见一面……

乌拉　那您过来吧。我现在要送孩子去学校，之后会在家。您知道地址吗？

尤安娜　（画外音）知道，名录上有。我待会儿过去。

乌拉放下听筒，盯着烟头，又弹了弹手中的烟。雅采克注意到她的目光。两人沉默片刻。

雅采克　要丢掉吗？

乌拉摇头。

4.

学校门前。外景。

安泰克坐在学校门前的长椅上。上课铃应该已经打过，孩子们正列队跑向大门。一辆公交车停下，乌拉和雅采克下车。两人走向长椅，就在安泰克身前，乌拉吻了雅采克，拥抱他的时间可能比平时更久。她坐到长椅上，就在安泰克身旁，两人望着雅采克头也不回走进学校的背影。大门在他身后关上，一会儿又重新打开。雅采克手里提着书包呼喊。

雅采克　妈妈！拜拜！

乌拉　拜拜！

雅采克　拜拜！我数学课一定努力！

他消失在门后。一条大狗在长椅边打转，是条黑色的土狗，甩着尾巴靠过来。乌拉不喜欢狗，起身走开。大黑狗凑更近了，嘴伸到安泰克的膝盖上，并在他抚摸它的时候闭上了眼睛。

5.

安泰克的公寓。内景。

达莱克的妻子尤安娜·斯塔赫是一位身材消瘦的金发女郎，穿牛仔裙，头发一丝不苟，神色疲惫又不安。五岁的西尔维娅坐在桌边，一脸严肃地望着交谈中的女人们，不吵不闹，也不玩，只是在那里坐着，望着。乌拉因为孩子在场却有些不自在。

乌拉　我有个比你大一点的儿子，你想不想去他的房间玩一会……

女孩摇摇头。桌上放着两杯茶。

乌拉　要不要给你弄点喝的？冲一杯果汁什么的……

她也不要。

尤安娜　让她在旁边听着吧，她就喜欢听大人们讲话。

乌拉　我应该没什么可说的。安泰克很少跟我讲他的工作……很少……我不认识他的同事，也不了解他手头的案子。所以现在一切都乱套了……

尤安娜 我不知道该怎么开口……我只是想……我的意思是，想有一位跟您丈夫一样的律师。他给达莱克讲解过一切，达莱克也都能明白，我就想现在的这位能跟以前一样……他们互相理解……不好意思，我是说律师先生他很理解达莱克……这不是一个普通案子，您知道的。涉及到罢工。

乌拉 是的，我听说了。他专做这类案子。

尤安娜 我丈夫被调查时什么都没说。他拒绝对话。我认为他就应该这么做……您丈夫也认为他做得很好，所以他对我很重要。他跟我和达莱克解释说，达莱克没做任何坏事，更何况犯罪。他还提到过一个词，说这够不上"刑事案件"。他很帮我，对我们很好……

乌拉 他参加过团结工会？您丈夫？

尤安娜 不，他没有。那时他还在服兵役。后来，服役期结束……从部队回来时，他并不认同这些，他们部队对参加过工会的人也不感冒……我倒是参加过，在我那边的行政处，十二月罢工后他们就把我辞了。他不喜欢这些，但从不评论，只是旁观。直到那些八月罢工离开的人又回到那里，回到他们中间，又开始分汽车，奖金也不给，一直找各种借口，有人开始起来反对，他们便把达莱克部门里的几个人也赶走了……我的一个弟弟也被捕了……他就是从那个时候开始奔走。他主要为了那些被无端赶走的人……没人怀疑他，因为他没参加过团结工会，从没掺乎进去，这让他更容易做一些事。他很平静，人们喜欢他，甚至带着点崇敬。全部门罢工时他也参加了，并且他是第一个……可我不知道他是不是真的能发动起大家，他不是那种人……

妈妈讲述爸爸的时候，小西尔维娅在看向门边的某个地方。那里站着安泰克。她是否也看到他了，像那条狗感受到背上抚摸的手那样？也许没有，但她始终看着那里。

尤安娜觉得自己说完了乌拉想知道的一切。

尤安娜　律师先生是因为什么过世的？

乌拉　不知道。心脏吧……

尤安娜　他烟抽得很凶……

乌拉　不，不是因为这个。他心脏有问题，是因为这个。之前都不知道，他自己估计也不……我不知道，他从没说起过……

尤安娜　您不跟他交流吗？

乌拉　交流的，但总是匆匆忙忙……总是说一些无关紧要的事。我有很多事没跟他讲，现在不知道还能跟谁讲……他为什么总是那么匆匆忙忙？他要去这去那，办事、打电话。都为了什么呢？有什么意义呢？

尤安娜　有些东西留下了，女士，人们会记得……

乌拉　我要这些干嘛呢？

尤安娜　您儿子多大了？

乌拉　十岁了……他一直很喜欢吃鸡蛋。今早却说，妈妈别给我做鸡蛋了，我不喜欢。

尤安娜　他也不喜欢吗？

乌拉　不喜欢……他喜欢咖啡，加很多奶……

小西尔维娅站起来，靠到妈妈背后咬了几句耳朵。尤安娜四下张望。

乌拉　左手边，走廊里。

西尔维娅走过去。经过安泰克，走进走廊。

乌拉　我想起来……他曾经在一位老律师手底下见习。或许他？

尤安娜　老？

乌拉　是的，安泰克喜欢他，我们一起吃过饭。昨天葬礼上他也来了。拉布拉多。

尤安娜　他姓这个？

乌拉　拉布拉多律师。您愿意的话可以给他打电

无休无止

话，跟他谈谈，寻求一些建议……或者如果您愿意，让他接手安泰克的所有工作。

令人不安的沉默，尤安娜在侧耳听，没西尔维娅一点动静。

尤安娜　西尔维娅？

两人都站起来。西尔维娅正跪在走廊地板上，手里抓着两只很大的皮拖鞋。她在比对两只拖鞋，一只明显大出两码。她看向妈妈。

乌拉　我没注意它们不是一双。

尤安娜把拖鞋从她手上取下，放到那双漂亮的海军蓝帆布鞋旁边。

尤安娜　这是给我们的？

乌拉　是的，这边店里买的……我去找找电话，好吗？应该有一本律师名录。

她走进安泰克的书房。律师名录躺在书桌上一堆乱糟糟的文件里。她从"L"字头开始找，找到了拉布拉多，将电话号码抄在一张小纸片上，随后走出书房。安泰克俯身翻名录，书页回到字母L。乌拉兴许在另一个房间里打电话，因为可以听到她的声音，偶尔还停下来听对方。安泰克已经翻到后面W开头的部分，然后又翻回先前乌拉摊放的位置，停在拉布拉多那页。

6.

法院走廊。实景。

拉布拉多看着并没那么老,手里夹着鼓鼓囊囊的公文皮包,胳膊上挂着镶绿边的厚重长袍,姿态看着有点别扭。拉布拉多将长袍从一只手换到另一只手。他有一双洞悉一切的敏锐眼睛,只在跟走廊上认识的法官、律师和检察官投以微笑时才稍显温和。尤安娜坐在窗边等。谈话已经开始,但拉布拉多隔一会儿就会被旁人打断。这会儿终于回过头来,朝尤安娜的方向微微侧身。

拉布拉多 您为什么会找上我?有那么多年富力强的家伙……

尤安娜 泽罗律师的妻子告诉我,泽罗律师曾经在您手下见习……

拉布拉多 我知道,她给我打过电话。您要明白,我觉得他未必愿意这样。我们完全是两种人,年龄、脾气都不同……我总是劝他凡事不要过激,但也不知道是对是错。总之他已经来不及证明了。

小米耶[1]来到拉布拉多身旁,鞠躬致意。这是他的见习律师。年轻人刚从学校毕业,身上的西装堪堪算

---

[1] 小米耶(Mieciu)是米耶奇斯瓦夫(mieczyslaw)的小名,剧本里直呼小米耶显得很可爱。

中档。

小米耶 律师先生,扎勒夫斯卡将不会出庭作证。

拉布拉多 为什么?

小米耶 律师先生,她出国了,不知道何时回来。

拉布拉多 叫辆出租。去监狱。让他拒绝陈词。

小米耶望着拉布拉多,捱着不走。

拉布拉多 回头再给你报销。我没零钱啦。

小米耶点头。他知道自己不会见到这笔钱,但面上不敢表现得太明显。走了。

拉布拉多 好了。

拉布拉多对尤安娜微笑。

尤安娜 她告诉我……我是说安泰克先生的妻子……她说您救出过很多人。只要您愿意,就能帮到我们。

拉布拉多 抱歉夫人,这次不是一回事。我最近一次为政治案件辩护是1952年。死刑,砰……

他用手指顶向太阳穴。

拉布拉多 ……从此后我再没接过这类案子,只做些大大小小的刑事案。确实,我成功捞出过一些人。

安泰克就坐在边上,方便听清他们的谈话。他好奇的目光不断投到拉布拉多身上,显然想知道拉布拉多是否会接下这案子,他们之前也许从没谈起过会面临这样的抉择?起先他还为回到熟悉的法院而舒畅自在,随后便沉浸到这场谈话当中。

拉布拉多 您要知道,我很早就不掺乎这类案子了,最近也一样。我没有人脉,职业人脉那种。我喜欢下棋,但这不是棋盘博弈,而是一场轮盘赌[1],我们没有多大赢面,无论红或黑,庄家总是通吃的那个。这就是政治,而我只是个小律师,普通律师……一位老先生从旁打断拉布拉多的话,也一身与拉布拉多类似的绿边长袍。两颗花白的脑袋凑到一起聊了几句。老先生似乎耳朵不太好使,因为拉布拉多的嘴唇几乎贴在他的耳朵上。尤安娜不想偷听,起身走到一旁。拉布拉多从她身后上来,现在两人一同站在窗前。安泰克则坐在低处的长椅上。

拉布拉多 所有人都清楚,这当中必有内情。

尤安娜 什么当中?

拉布拉多 (俏皮地,像是在引用)"撕掉驼背上的长袍"。我们干到70岁,也就是今年年底,就自动……糟糕的伎俩,卑鄙。可历史总在重复,我们又总是被需要,最后每个人都必须有个律师……

---

[1]这里说的不是俄罗斯轮盘,就是对赌,只有红黑两种选择。

尤安娜 可您并没有……

拉布拉多 夫人，我有。我七十一了。要是在人生的尽头再搅合到这种情节里头……回到……唔，我的同事们都会大吃一惊的。您难倒我了，夫人。您让我一个老头子很为难，明明早上还云淡风轻……

安泰克在盯拉布拉多的手表。手表就在他脸旁，拉布拉多的手垂在那里。

尤安娜 我没想为难您，律师先生，我不知道……如果您不愿意的话。

拉布拉多 我不知道我愿不愿意。我如果一点没想法，事情反倒简单了。我快退出这个奇怪的行当了，但您来找我，是您的丈夫，是安泰克主持的案子……这件事本身是无力又沉重的。这种罪行并不来自于渺小，而是来自于力量。当然……要怎样才能证明他的清白？而且您也看到了，我手上还有三个案子，千头万绪。而且都是那种好案子，您懂的……

安泰克盯着拉布拉多的手表。

拉布拉多 我们明天再说好吗？您给我办公室打电话吧，或者直接打我家里，都行。

拉布拉多看手表，焦躁起来。

拉布拉多 您的表现在几点？

尤安娜看看表。

尤安娜　两点差一刻。

拉布拉多　我这里才一点一刻。

他摇摇表。

拉布拉多　表停了,真要命。十年来第一次停……有意思。您知道它是哪来的吗?安泰克送的,他见习结束时,这是一件礼物。

他又晃晃手表,盯着看。

拉布拉多　走起来了。您会打电话来吗?

他对着尤安娜的手表调好时间。她点点头,表示她会的。

拉布拉多走向衣帽间。他又看一眼手表,放心地将长袍递给看门人。对方把大衣交给他。拉布拉多又挥挥手。

拉布拉多　该死,我怎么把它给您了?我在三楼还有一件诽谤案要处理呢。

看门人把长袍还给他,收回大衣。拉布拉多穿上长袍,看门人正好返身回来。

拉布拉多　卡齐米日先生,您有火柴吗?

看门人　又想抽烟了,律师先生?

拉布拉多　怎么可能?两根就好,我要验个东西。

无休无止

看门人掏出两根火柴。拉布拉多折断一根，掩到手心里，像是要抽签。

拉布拉多　卡齐米日先生，您来抽，怎样？

看门人俯身凑近拉布拉多的手。

拉布拉多　您可要集中注意力啊，抽有火柴头的那根。

看门人抽出一根。是火柴头被掰掉的那根。

看门人　很抱歉，律师先生……

拉布拉多　没什么，本来就说不好。就像人们都说鬼魂存在，但请不要相信。没有什么鬼魂，也没有什么启示。什么都没有。

拉布拉多离开，向楼梯方向走去。尤安娜此时正从楼梯上下来，两人眼看要擦肩错过，拉布拉多却看到了她，送出一个微笑。

拉布拉多　您明天四到五点之间有时间吗？不用打电话了，我们立刻去见他们，注册这件案子。当然，除非您改主意了。

尤安娜本来或许还有犹豫，可现在又能说什么呢？

尤安娜　不……我没有。往后都有赖您了。

7.

安泰克的公寓。内景。

雅采克独自面对一本练习簿，墙角的钢琴打开着。他在写的——现在我们和安泰克共用一个视角——是一本乐谱，书本都堆在一边。学校作业？打开的钢琴显示不是——音乐、弹琴和乐理应该是课外的。看不出他是否开心，但他的专注和一笔一划写下音符的样子表明，他非常喜欢这门课。从他摆放作业本的整齐度来看，学校布置的作业都已完成。安泰克目不转睛地看他。雅采克在思考落笔的下一个音符。他闭上眼睛，脑子在想象，手指在桌面上敲，摸索着某个旋律和节奏，然后果断地写下几个音符。音符很简单，弹出来也会是一段简单的旋律。安泰克在读谱，也尝试在脑子里弹奏。雅采克放下钢笔，找出一个铁盒子，里面放着些马克笔。他想了想，抽出红色那支，把三角板放到纸上，慢慢用醒目的红线分隔出一个个整齐的小节。安泰克已经没再读谱，而是望着马克笔的运动和纸上出现的红线。雅采克似乎写完了，从桌子前起身，走去洗手间洗手或梳头——做什么都可以。经过走廊时，他看到乌拉坐在沙发上，耳朵贴着听筒。乌拉不发一言，似乎在听对面讲。

安泰克盯着扔在那的马克笔看一会，抓到手里，又放回去。

雅采克从洗手间回来，看到妈妈换了个坐姿。

雅采克 妈妈,你在跟谁说话?

乌拉看他,听筒没离开耳边。

乌拉 没有谁。我本来想给人打个电话,可忘了要打给谁。功课做完了?

雅采克点点头。

乌拉 要帮你检查吗?打叉的那些?[1]

雅采克 不用,我做得很好。

他回到自己房间。将马克笔的笔套套上,放回盒子,站在那里又读一遍刚写的那段音符。此时,音符组成的旋律响起,也许我们在本片开头听到过它,以及接下来会不止一次听到它?

8.

律师公会。实景。

拉布拉多气喘吁吁地爬二楼。一个年轻律师从下面赶上来,沿着楼梯扶手跟他边上楼边聊,年轻人的身位比拉布拉多低一些。

律师 律师阁下!

拉布拉多闻言停下脚步。

律师 律师阁下,我有个问题。他们把我的客户

---

[1] 打叉或者添加小星星的题目都是给学霸做的,一般学生不用做,但也有刻苦的学生会做这种题。

带去经济部。他弄回来一辆汽车，碰巧有个机会……

拉布拉多 什么叫"弄回来"？他是您的客户？他获得一笔金钱赠予并用它买了一辆轿车。这种情况《法律》杂志1974年11月16日有提过：对赠予不征税。

年轻律师表示感谢。拉布拉多正待继续上楼，年轻人又拦住他。

律师 律师阁下，您有注意到吗？大家都在传球。

拉布拉多 什么？

律师 传球。用脑子传球。

拉布拉多不太懂他在说什么，但还是点点头，或许说得没错？他又上几级台阶，走进一间挂满大律师相框的大厅。那些还没来得及上相框的，正挤在小桌子边打牌。他们大都上了年纪，保养良好，手指上都套着图章戒指。拉布拉多走近一位比他年轻点的同事，他正在仔细读着什么。两人打声招呼，拉布拉多坐下。

拉布拉多 我有事找您。我有个当事人会来找您，遗产继承的案子，您知道的，要出远差，我有点跑不动了……

同事 我已经听说了，米耶切斯瓦夫先生。非常感谢，全仰仗您……

拉布拉多　我们之间不必客气，您很清楚……

如果镜头此时摇一遍照片墙的全貌，我们会在某一刻发现安东尼也在上面。有那么一瞬，我们会恍惚是他，再眨眼才发现原来是安泰克真身，样子跟生前一样，即便他已不在人世。他像往常一样来到这个太熟悉不过的地方，那些老生常谈不时让他窃笑。当然了，人们还在生活、打牌，在隔壁餐厅享用性价比不坏的饭菜。他还会在某个过道里吃惊地听到这样一段对话。

甲　老兄，您认识安泰克吗？论干净……那可真是个手脚不能再干净的家伙啊。

乙　这关他什么事？

甲　有关。四年前他去过沃姆扎。如果您回头再去看他，我告诉您……

安泰克松口气，反正他不认识这些人，他们说的不是他。旁边还有两位：

丙　您听说了吗？大家在传球啊，先生。

丁　传球？

丙　传球，传球。还能怎么称呼呢？

但我们的镜头很可能不值得为此离开拉布拉多与同事间的客气谈话。

拉布拉多　我自己都很吃惊……不知道这是好

是坏。总之我们是要被换下来的。之后呢，您记不记得？怎么叫的来着？改改改……

同事　……改……

拉布拉多　改造。对，就是这个。结局早已注定，事情总是回到原点，或许，这也是令人激动的吧？

9.
安泰克的公寓。内景。

乌拉蹲在地板上。安泰克的书桌被翻了个底朝天，纸张、信件、笔记、照片、几期《律界》杂志和几张吸墨纸，扔了一地，笼罩在一盏夜灯下。夜已深。乌拉在读一堆旧信，也许有一封是雅采克出生时医院寄来的？她翻看那些陌生的文件，逐个打开贴有标签的文件夹，这些标签并没有透露给她很多。她尝试理出秩序，却不知道此时该采用什么标准：哪些东西该留哪些该丢。她将私人和公务信件分开，撕掉旧的电话账单和银行结单——还翻到未缴款的火车逃票罚单。撕掉名片，直到快撕完才发现，名片居然有两种样式。一种普通，印着姓名、职业和地址；另一种则用艺术字写着"杰出律师"，只印了几十份，分明是恶搞。她全撕了，各样式只留下一张。对于那些什么也没告诉她的信件,或者反之,告诉她太多东西的信件,她边琢磨边一封封翻过去,然后归到一边。她翻到了安泰克藏下的200美元,为他的深谋远虑而露出一丝微笑,抑或在揶揄他的吝啬或藏私。她从抽屉里翻出几个即时贴和一个"登路普"的商标,不由想起什么。她找出安泰克的网球拍,在灯光下看它的品牌。"登路普"。她慢慢揭下商标,底下隐隐透出"Polsport"(波兰体育)的字样。

达莱克的卷宗放在最上面,旁边照旧摞着那本律师名录。乌拉漫不经心地翻名录,心里大概还在想着她丈夫给球拍换商标的那一点点虚荣心,随手便翻到拉布拉多的名字。就在这个名字旁边,现在被红色马克笔画上了一个不大但非常醒目的问号。乌拉狐疑地盯着它:两天前并没发现这个记号,当时它不在这里吗?她合上名录,又旋即打开,生怕自己看花眼。问号还在。她突然一个闪念,一回头,嘴唇无声翕动。

乌拉　安泰克。安泰克!……

她慢慢把名录放到达莱克的卷宗旁那堆待处理事务中。

她从抽屉底部翻出一个境外的照片袋。封得很严实,裹了好几层。乌拉犹豫着是否去触碰这个裹藏的秘密。一冲动还是撕开了封口,取出照片。全部是某个女孩的裸照，身材窈窕，搔首弄姿。照片不下流，但明显挑逗，类似六十年代初外刊和日历牌风格——这在当时并不违法。照片拍得不错，职业水准，一看就是行家之作。所有照片的脸部都被剪了一个洞。照片从乌拉手上滑落，她捂住头，扑倒在这堆可耻的东西上哭起来。她只在本片中哭过这一次，无声饮泣，楚楚可怜。

信封旁边还放着安泰克的旧钱包。乌拉从夹层里抽出几张证件照——10岁和15岁的安泰克，戴着白色衬领，然后是大学生的他和成年的他，还有十几张备用的近照。气氛明显变化。我们甚至会听到钢琴敲出的几个平静、不连贯的音？乌拉将那些没有脸的裸女照片撕掉。她再一次看到丈夫怎样长大，怎样成熟。然后起身走出房间，从黑暗中若隐若现的安泰克身旁经过；他就站在乌拉刚才凝望和重复念叨他名字的地方。走廊里亮起灯，她在灯光里走到雅采克的床边。

乌拉　只剩我们了，孩子。现在只剩我俩了。妈妈不知道能不能挺过去。孩子，听到吗？我不知道能不能挺过去……

她说话时跟雅采克脸贴着脸，雅采克呼吸平稳。他的眼睛睁开了，像早晨醒来。

雅采克　你说什么？妈妈？

无休无止

乌拉 没什么。是你喊了一声。睡吧，睡吧。

她温柔地抚摸他的小脸，直到雅采克再次入睡。

10.

刑事部秘书处。实景。

这里跟所有的秘书处没有两样，我们不会看到任何明显和不必要的细节差异。拉布拉多朝女秘书躬一下身。这是一位年长而优雅的女士，戴着金丝边眼镜，脖子上系一块大方巾。

拉布拉多 卡莎[1]女士，你们下个月度计划出来了么？

卡莎 快出来了。律师阁下有什么事吗？

拉布拉多 关于斯塔赫。达留什·斯塔赫[2]。跟第46条相关的那个。

卡莎 所以是您要出庭？接手泽罗律师？

拉布拉多 是我，卡莎女士。我年纪大了就犯傻。

卡莎 可不是。不好意思啊，律师先生。

她笑了，透出一丝尴尬，拉布拉多也跟着笑了。她动手查计划表。

---

[1]卡莎是卡塔日娜的昵称，更亲切，虽然叫她女士，但因为年纪大了，叫卡莎更亲切一点。
[2]达留什：即达莱克。达莱克是对达留什的昵称。

卡莎 审判长可能是别德隆法官。莎弗朗斯卡法官和我们的瓦斯科法官给他做审判员。

拉布拉多 别德隆……

他对此不太满意。

卡莎 别德隆，别德隆。不好吗？他最近情况很微妙，律师先生。他完全变了个人。

拉布拉多 真的吗？

卡莎 我肯定。

拉布拉多 您总是什么都知道，卡莎女士，直到我们最后一天。日子虽然不多，但总还有点时间。

卡莎 泽罗律师可惜了，对吧，律师阁下？

拉布拉多 当然……太可惜了。他已经安息，卡莎女士。可我们还得每天苦撑。为什么会这样呢？那些能干的人总是早早的……没意思，也不公平。我很了解他。

卡莎 我知道。

拉布拉多离开。部主任从自己办公室来到秘书处。女的，四十来岁，穿一件宽大的针织毛衣。

主任 这法院快把我们冻僵了。拉布拉多律师又跑来了？

卡莎 他要为斯塔赫的案子出庭，接替泽罗律师。

主任 那个服过兵役的是吧？

无休无止　　37

卡莎 是的。跟平常一样，律师来询问庭审法官成员。

主任晃晃头，确实跟平常一样。她回到自己的办公室，那里坐着一个身材粗壮的男人，手指套着金质图章戒指，西装外披着大衣。我们现在还不知道他是谁，但这就是别德隆法官。

主任 拉布拉多要接替泽罗，为那个罢工的小伙子辩护，服兵役回来的那个。情况有点不一样，是吧？

别德隆 不一样又能怎样。他碰到过麻烦，你不知道吗？

主任 谁？

别德隆 泽罗。

主任 我听到过一些，具体不清楚。大概是被这……吓死的……除此之外他大概不会害怕别的什么。

别德隆 他不害怕，是啊。饱满、热烈……很大气的一个人。他说话总是……能让你从一团乱麻中体面地走出来。我记得……

别德隆挥挥手，陷入沉思，主任应该知道这故事，或许并不想听他重复。

别德隆 拉布拉多会把那个小鬼弄出来，对吧？

主任 要是检察官那边还是没料的话,当然。

别德隆 是啊,证据不充分……真麻烦,这怎么办。

他哆嗦一下。

别德隆 还这么冷。

主任 暖气坏了,热茶也没有。真冷啊。

安泰克此时坐在他俩中间。他不会感到寒冷。窗外下起雨。年轻办事员的脑袋出现在门口。

办事员 别德隆法官?快开始了,法官先生。

办事员走了。别德隆站起身,又狠狠打个冷颤,吐口气。

别德隆 你知道我要说什么吗?狗娘养的。

主任 评价不错。会议室里也没暖气。

她猛地抖擞精神。

主任 我去找主席,该死。

两人一起离开。不一会,办公室的电话响。安泰克拿起听筒,并为自己这个恶搞而窃喜。

安泰克 别德隆,请讲。

声音 (画外音)要开始了,法官阁下。

安泰克 这就来。

对面没放下听筒。安泰克也没有。

声音 (画外音)是谁在接电话?

无休无止

安泰克放下听筒。

11.

华沙的街道。外景。

鬼天气。人们被纷飞的雨雪阻吓在大门边和车站的屋檐下，身体紧贴着墙。安泰克穿过一个十字路口，丝毫不受天气困扰。没接到换大衣指令的年轻士兵快冻僵了，手冻得通红，肿了。他跨过一个个水坑，越过街道，站到一栋高楼底下，高楼是否能提供庇护也很可疑，离大门还很远。他在试图适应屋檐落下的大颗水珠。安泰克停下来看他。他认识这个士兵？或是这场面让他想起什么？或者自己也在这地方站过？士兵伸出红肿的大手抹着被淋湿的脸。然后摘下帽子，抹掉上面的雨水，再仔细拢好头发，按原样戴好。

12.

安泰克的公寓。内景。

托梅克穿着美式皮鞋和美式夹克，手里提着一个鼓鼓囊囊的美式提包，我们稍后会交待里面装了什么。刚进房间过道，他就忍不住久久抱住乌尔舒拉，她紧紧依偎在他怀里。她需要这样的拥抱。

托梅克 可怜的孩子。太可怜了。

乌拉没有说话。

两人就这样站在那里。托梅克等了一会儿才轻轻松开乌拉,在乌拉身后拉开了提包,他知道这不是好时机,也知道不会有更好的时机。拉链刺啦一响,乌拉转过身。托梅克从提包里取出一件长袍——很眼熟——镶着绿边。

托梅克 安泰克的。

长袍的确触动到了乌拉。有那么一会儿,她没从托梅克手中接下长袍,只是愣在那里,被这件不合时宜的礼物搞懵了。然后她接下长袍,把它挂到走廊的衣架上。当她以为问题似乎已经过去时,却又把手伸进长袍深深的口袋里。她摸到一把碎烟丝,一小截削尖的铅笔,一张去奥藤布斯的火车票。乌拉一一仔细看过。从另一边的口袋里她掏出一把小小的折叠指甲钳,压杆部分覆有一层白色,镶着一朵红花。漂亮吗?有点浮夸,但乌尔舒拉现在没心思去想这个。

乌拉 好多年没看到他剪指甲了,原来是在法院里……咔嚓,咔嚓。

两人大笑。托梅克很满意她能挺过来。

托梅克 你想卖掉它吗?羊毛长袍……现在值一万到一万二……

乌拉 不,就挂这儿吧。

她若有所思。

乌拉 我还记得他缝它的样子……照着镜子大笑。他说：你知道这袍子是什么吗？是什么，他没告诉我……

托梅克 袍子？有意思，这身袍子会给人一种你就是制度本身的感觉。你有权力说更多而他们必须听你说。你不用害怕，也不可以害怕。他大概就是这样想的吧，对不对？

乌拉 我不知道……我不知道。

两人坐到房间里，气氛已经变了。

托梅克 说点什么吧，你想说说吗？

乌拉点头。

乌拉 一切都太突然……他死了，就这么简单死了……就坐在驾驶座里，我出门晚了点，有人打电话找我，电话里聊了两句……如果我早点出门……他或许因为我耽搁在生气……

托梅克 他毕竟心脏有问题。

乌拉 当时一定发生了什么，就那段时间，那一刻钟。

托梅克 谁都救不了他的……

乌拉 可要是我在，他或许会对我说些什么？你认识谁在奥藤布斯吗?

托梅克　不认识……很久没去过那里。我来晚了,是吗?

乌拉　为什么?

托梅克　为这一切。我人不在你们就一切都结束了。今后你有什么打算?

乌拉耷拉下脑袋。

乌拉　我不知道。

托梅克　你有打算吗?有计划吗?

乌拉　没,我还没。没有。从来没有人这样离我而去……我只在五岁时经历过祖母去世,但什么都不记得了……

托梅克　可你们并不亲密吧?

乌拉　好像是。但现在我们很亲密,非常亲密。一天比一天亲密,一切都会不知不觉改变,亲密也一样。你怎样?

托梅克　我也不怎么样。给自己买了夹克和皮鞋,跟黑妹过了一夜,为了去那边我飞了很久,回来飞得更久,要绕道加拿大。

乌拉微笑。

乌拉　黑妹怎么样?

托梅克　没劲。黑得跟鬼似的。

乌拉站起身。

乌拉 给你看点东西好吗？

托梅克点点头。乌拉起身去安泰克的书房，带回那本律师名录，递给托梅克。托梅克不明白她的意思，他熟悉这本名录，随手翻了翻。他停在字母L和那个鲜红的问号上。

托梅克 这是？

乌拉 我觉得这跟他最后那件案子有关。

托梅克 什么？

乌拉 看这个问号，他不想要拉布拉多接替他……

托梅克 你在胡思乱想些什么？他怎么会知道……

乌拉 是啊，他不知道。

托梅克 所以为什么会有这个问号？

乌拉 我不知道，可我是这么认为的……

托梅克 这事怎么扯上拉布拉多的？

乌拉觉得有必要解释得详细一些。

乌拉 这案子是关于一个罢工的小伙子。他妻子两天前来找过我，一个可怜的姑娘……她来问的时候我一头雾水……就跟她提了拉布拉多。

托梅克 他不会接这案子的。

乌拉 他同意了。

托梅克"嘘"了一声。

托梅克 那这个标记呢？问号？

乌拉 真的奇怪……我告诉你，当时我不知道该给她推荐谁，翻过这本名录……可当时并没有这个记号。

托梅克认真打量她。

托梅克 是否需要陪你去舞厅放松一下？或者一起去吃个晚餐怎样？

乌拉摇头，不，她不需要，她很正常。

乌拉 原先真没这个。我没事。他不想要拉布拉多，我是这么认为的，我了解他。

托梅克 我说不上你推荐得对不对……他是个非常优秀的律师，风格完全不同，但非常出色。安泰克喜欢他……

乌拉 可他们连处理小偷的方式都不一样。

托梅克 他对他要求太高了，真的太高了。对他自己也是。

乌拉固执地看着他。

乌拉 他不愿意。我们现在要做的难道不就是按照他的意愿来吗？我想要这样，至少这件事情上……拉布拉多明天一早就会来拿卷宗。你能翻下这本名录吗？想想看还能找谁？托梅克！

托梅克把"L"那页从名录上撕下，撕成两片，再各撕成两片。安泰克气坏了,他应该一直坐在那里,但我们不需要他,所以原先看不见他。托梅克把纸片放进烟灰缸,拿出打火机点燃。

托梅克 安泰克不在了,让老人家看到也会很难过,这样不好。你有那份卷宗吗?让我看一眼。

安泰克的书房。托梅克在看卷宗。他上来就发现一张小纸片,是手写的密信。托梅克读了读。

托梅克 哦,这个千万别丢了。他也许要告诉些什么。

乌拉明显很焦虑,心不在焉。她走了出去,托梅克继续看;她回来时手里夹着一根香烟,坐下,站起,又坐下。托梅克从卷宗上抬头看她,注意到她的不安。

托梅克 还有什么别的标记吗?

乌拉 没,没了。十年前你跟安泰克最要好,对不对?就在他刚认识我那会儿……

托梅克 非常要好。

乌拉 你知不知道我发现了一些照片?

托梅克 裸照?

乌拉点点头,是的。

托梅克 我知道。他跟我说过。

乌拉 给你看了?

托梅克 没有，怎么会。

乌拉 你知道他是从哪弄来的吗？

托梅克并不知道。

乌拉 他为什么都不跟我说？为什么什么都不问？我都会跟他解释的。那是我们认识之前，我需要钱……他因为这个痛苦过吗？

托梅克 有点。

乌拉 他为什么什么都不问呢？我昨天才发现这些，藏得很深，用剪刀剪掉了我的脸……他为什么不问啊？

托梅克 那毕竟是很久以前的事了，乌拉。这不重要，对他来讲也是很久以前的事，不重要。你现在不用再……乌拉……

乌拉灭掉香烟。

乌拉 他不问我。

13.

拉布拉多的公寓。实景。/安泰克的公寓。内景。

拉布拉多的屋子昏暗沉闷，谈不上美观。巨大的百叶窗已泛旧，高大皮椅的表面已磨坏，宽大的办公桌上堆满文件。

老拉布拉多在查阅自己职业生涯最后一桩案件的卷

宗。他一边做笔记，一边翻阅针对该案所收集的报纸、《刑法》和戒严时期特别颁布的法律小册子。同时查阅那些看似从被告那里找到的传单和笔记，修订过的备忘录，以及被告起草的罢工者名单和分工明细。每读完一份，拉布拉多传递给坐在不远处一张小书桌边的小米耶——我们还记得他，就是在法院里跟着拉布拉多跑前跑后的那个小伙子。小米耶没给人什么好印象，他很卖力，却还是让拉布拉多和我们不舒服。为了接过老板的下一份文件，他每次都得站起来，走到书桌边，再回到自己的座位。拉布拉多终于忍不住了。

拉布拉多　你不能坐近一点吗？

小米耶　我坐这里就很好，律师阁下。适当运动对身体有好处。

这句俏皮话也让拉布拉多不爽。他拿起密信，就是我们之前看到过的那份，低头凑得很近。字太小，他的眼神显然不好，因为他伸手从抽屉里掏出一副做工老旧的金属边放大镜。透过镜片，我们看到放大的字母和单词，但不成句。小米耶显然也对此比其他文件更感兴趣。

小米耶　会伤到眼睛的，律师阁下。眼睛是无价之宝啊。

拉布拉多　你来读。

小米耶走过来，接过纸片。他默读一遍，又翻到反面。

拉布拉多　念出来，真要命！

小米耶平静地默默看完全部内容。

小米耶　我不想结结巴巴地读给您听。

拉布拉多　哦，我的天啊……

小米耶　"律师阁下"——这大概是写给泽罗律师的，对吧？

拉布拉多　是的是的，念下去。

小米耶　"律师阁下，我找到机会给您带去几句话。我很高兴由您来为我辩护。您很年轻，也理解我，是我一个月来收获的第一份理解。我说过，我会考虑，也确实考虑过了。我同意您的意见——我需要回到群众中去，但如果我记得没错的话，您说过，要保持体面。我会按照您说的做。我不会再谈论政治，也不会再坚称自己是这场罢工的重要人物，而只是有人信任我。我罢工是为了解决问题，但您说得对，我并没打算做激进派，不想跟大家去砸机器，我想破坏的是狰狞渐露的棍棒。记得您说过，我的动机是高尚的。我对此也很确定，即便自己先前没这么想过，但的确没错。律师阁下，我担心我的妻子和我们的小女儿。请您转告尤安娜，我一切都好，让她保重，还有请把您对我说的这些都转告她。我，还有我跟您提到过的一个牢房的同志，都向您问好。达莱克。另：我很高兴您没想让我玩弄装疯卖傻之类的把戏。"

拉布拉多在思索，但小米耶没有。

小米耶　所以这个就是泽罗律师转给我们的当事人。

拉布拉多　我有问你话吗？我只是让你读一遍，该死的。好了，就这样吧。

他从小米耶手里抽回密信，放进卷宗。一脸疲惫地看着小米耶。

拉布拉多　走吧……

小米耶　要给您倒杯茶吗？

拉布拉多　不用，走吧。

他听着动静，等到小米耶出门，便朝电话俯过身去，坐在那里的安泰克不由地挪开位置。拉布拉多拨电话，安泰克很熟悉这个号码。

拉布拉多　乌尔舒拉女士？我是拉布拉多。您还没休息吧？

黑暗的房间里，乌拉接起电话。她打开台灯，光晕边缘出现安泰克的身影。他同时出现在电话的两端。

乌拉　还没有，晚上好。

她有点迷迷糊糊，但控制住了自己。

拉布拉多　您当时为什么给我打电话？

乌拉　我本来就认识您，所以脑子里第一个想到您……您喜欢安泰克，他对您也是……

拉布拉多　我不是这个意思。安泰克过去跟您说过这个案子吗？

乌拉　没有。只是提到过……

拉布拉多　那他有跟您提过我吗？有关这个案子？

乌拉　没有。

拉布拉多　我要告诉您一些事，请您好好想一想。我需要并且能够把这个小伙子保出来，但我一直琢磨的是，我会用一种跟安泰克不同的方式来办掉这个案子。您明白吗？

乌拉　是的。

拉布拉多　您会很在意这点吗？

安泰克始终出现在两端，甚至在忐忑等待。乌拉想给自己争取点时间。

乌拉　我没往这上面想过。

拉布拉多　您知道的，人们往往想根据亡者的意愿完成他未竟的事业。您不是这样想的吗？

乌拉　我有。我还在给他种下的瓜苗浇水，现在长得很好。您能等我一下吗？

她起床，走进安泰克的房间。她找出那本律师名录，打开，却突然记起托梅克已经把那页撕下烧掉了。她带着这本完全不需要的名录回到电话前。

拉布拉多 您在找什么东西吗？

乌拉 不，孩子刚才在叫。

拉布拉多 儿子？

乌拉 儿子。

拉布拉多 哦是儿子……您考虑得怎样了？

乌拉 没……我什么都没想。安泰克一定希望那个小伙子能出来……

拉布拉多 对，这我知道。他有可能会出来。我这么跟您说吧，我接下这个案子，是因为我的一生也快到头了。他们快让我们退休了。

两个人一阵沉默。

拉布拉多 不过这并不是全部的真相……我在想，我从中还剩下什么……

乌拉 从什么当中？

拉布拉多 从人生。我桀骜不驯的学生留下的案子。

乌拉 他桀骜不驯？

拉布拉多 不不不，我开玩笑的……我从没跟他说过这个，甚至不知道他知不知道，本来我也没想跟您说，因为有什么好说的呢？……可现在……我对他有很深的感情，您知道……儿子跟他很像吗？

乌拉　是啊，一模一样。

拉布拉多　我惹您伤心了吗？

乌拉　没有，律师阁下。

拉布拉多　祝您安好。

乌拉　晚安。

两人同时放下听筒。遗憾的是，拉布拉多房间里的安泰克消失了。他看着乌拉下床，走向柜子，从里面取出安泰克的西装，挂到床边的衣架上。她把手伸进西装袖子里，久久抚摸西装衬里的面料，然后把袖子凑近脸庞，枕在脸颊下。她没关灯，就这般睡下。

拉布拉多拿出一本相册，找到见习结束时的照片。画面中央站着——十几个——年轻小伙，边上的几位年长律师中有拉布拉多。安泰克站在中间，笑得神采奕奕。拉布拉多脖子弯得很低，用放大镜仔细打量这张照片。

安泰克等了一会，走近一些，往乌拉脸上轻轻吹口气，看她睡熟没有。气息拂动起她的发丝，她睡得很熟。安泰克从她脸下轻轻抽出衣袖。面料是手纺的，有点粗糙。乌拉的头转了过去，脸颊上压出了织物的纹路。钢琴声轻柔响起，平静、单调的音。

无休无止

14.

探视室。内景。

监狱的探视室里，无论律师还是被告都感觉不自在。由于显而易见的原因，谈话的开放度有限，甚至老练的拉布拉多也会不时朝四下看看，停下话头，担心谈话的私密性。

拉布拉多 我们再从头捋一遍，有些地方要微调。我们从动机开始吧。您是想让波兰变得更好，对不对？

这是我们第一次见到达莱克。小个子金发男子，看着不像25岁就有妻有女那种，也不像应该坐在这里的人，可他的确坐在这里。

达莱克 对，当然。

拉布拉多 什么样的波兰？

达莱克 波兰，我们的波兰……

拉布拉多 我们的，社会主义的。

达莱克皱眉，安泰克也是。拉布拉多郑重地看着达莱克。

拉布拉多 您可以想象一个，非社会主义的波兰吗？

达莱克 很难……

拉布拉多 您想要一个更好的波兰，又不能想象另一个波兰，那您想的就是社会主义。您需要提到这一点。

他的说法自成逻辑，但达莱克怀疑地摇摇头。

拉布拉多 我们可以直接以你我相称吗？

达莱克 当然。

拉布拉多 孩子，你不要害怕社会主义，它不是什么坏事。你自己大概还没意识到，你来这里是因为你认同社会主义，只不过你认同的是你自己的社会主义。我并不想说服你去信服整个的社会主义，你只要表达你自己的。

达莱克没被说服。拉布拉多起身，在小房间可能的狭窄空间里绕着他踱步。

拉布拉多 你想想吧，也许你其实知道自己要什么？

达莱克知道。

达莱克 要一个公正……

拉布拉多 没错。你知道达申斯基吗？

达莱克 知道。

拉布拉多 我像你这么大的时候，曾经把他的画像挂在房间里。妈妈过来说，把这头蠢猪拿下来。我把它取走了……这没什么大不了。你要明白，等待你的将是法庭的审判。你知道法庭是什么样吗？你上过法庭吗?

达莱克 没,事实上并没有。

拉布拉多 会有一群法官在场,他们必须在。很多已经疲惫不堪,更多在小心掂量自己的职业前途。就像所有人知道的那样,历史总在不断重演。而你只需要做一件事,就是尽量给他们机会,不给他们找麻烦。

达莱克 您想要我否认?

拉布拉多 孩子,你是成年人……我的意思是,你不要再逞英雄了。你必须比你先前表现得更庄重一点。否认和不否认之间还有很多余地……我们继续吧,泽罗律师有没有跟你说过精神鉴定的可能?

达莱克 他提到过,但表态说我们不会这样做。我也不想要,我不是疯子。

拉布拉多 你参加过游行示威吗?他们肯定问过你这个。

达莱克 参加过一次。

拉布拉多 为什么后来不去了?

达莱克沉默。

拉布拉多 我来告诉你。因为你对面那些人身上的制服,是你不久前刚脱下的。这和疯人院没有任何共通之处。适应的困难,观念的对峙,这一切放大了你身上的压力。人们会对自己所做的事情负责，但感情往往更强大……为什么你不想要呢？

达莱克 因为我从头到脚是个正常人，我很平静，为什么要说谎呢？

拉布拉多 你自己都不知道自己内心深处是什么，没有人知道。这对法庭来讲也会是一次机会。你自己怎么想都无所谓，只要你能出来。这过程只是人生的一个片段，你不值得为此耗上几年光阴……你脑子里装着的那些东西，大可以留到以后嘛。公正，就跟所有人一样，在今天这个时候需要别人的帮助，亲爱的达莱克先生……你需要去帮助它。

达莱克 可泽罗律师……

拉布拉多 安泰克是一个很好的人。但我比他多活四十年，我不会像他那样行事。也许我老了，也许我没那么能干，也许四十年前的我会采取不一样的做法……他曾经是我的学生，肯定比我强，敏锐又纯粹。他也许不仅仅是律师，更像是艺术家……他有不一样的行事准则，并且行之有效。那本来不应该管用，可他偏偏成功了。而我手里只有解剖刀，只会剖开事件本身……你们一定惺惺相惜吧？

达莱克 是的。

拉布拉多 他一定会为你作漂亮的辩护，避谈政

无休无止

治，而去谈论良心和本意……效果是一样的……可我已经不会这样冒险了。我有责任，孩子，就是把你从这栋建筑里捞出来。我们继续吧。我读过卷宗，非常仔细。你很聪明，调查时什么都没说。这很好，证据很薄弱，我认为甚至根本没有站得住脚的证据。你的同伴实际也什么都没说。那份名单是你做的吗？

达莱克 我做的。

拉布拉多 你怎么做的？是他们自己把名字填上去的，是不是？

达莱克 是的。我被抓时，手里有那份名单。

拉布拉多 那张纸条，谁都可以有。他们选你做什么？有过选举吗？

达莱克 他们大声喊我的名字，让我进委员会，去对话。

拉布拉多 没有任何证据。没有什么委员会。

达莱克 差不多是他们选我的吧。我也想干，就同意了，因为他们已经不再退缩，我想把他们组织起来……

拉布拉多 你什么都没想。你只是他们中的一员。没有证据，没有委员会，没有领导者。他们想把你拉进来……想要领导者、灵感和筹备工作……你要是承认了，那整场罢工都因你而起……

达莱克 怎么会,那是大家想要的。

拉布拉多 但会变成这样。毕竟所有人都想要……

达莱克 对,所有人。但他们选的我,我拿着那份名单……

拉布拉多 那张纸条。你不要提任何选举,我告诉过你了。到底谁说的才是实话,你说的,还是起诉书上说的?你的朋友作证说……

拉布拉多在桌子上的卷宗里翻找。

拉布拉多 ……雅德维嘉·施拉斯卡女士作证说,你命令她离开。你命令了吗?这是真的吗?

达莱克 她怀孕了……我不希望事发时她坐在那。

拉布拉多 所以你没有命令嘛!你是作为朋友这样说的,是的,我同意。你没有命令任何人做任何事,因为你没资格下命令。你告诉她让她走是因为她怀孕了。你制止了砸机器的那些小子……对,你想平息他们的愤怒……是这样的,对不对?

达莱克 唔,是的。不太一样,但也没错。

拉布拉多明白,第一次谈话能这样已经足够了。他换个话题,以友善与真诚的态度朝达莱克俯过身去。

拉布拉多 你在里面还好吗?东西全吗?有什么需要?

达莱克 我都有……我不知道我们是不是要在这

里进行绝食抗议，律师阁下。

拉布拉多　为什么？

达莱克　他们把我们墙上的十字架和圣像画撕了，把我们跟土匪强盗之流关在一起，这是不应该的……

拉布拉多　你们要慎重行事。好好想想，你们身体虚脱对谁有利？这是感情用事……你们要耐住性子，保护好自己。

达莱克　是的，可这是肮脏的把戏。

达莱克口气变了，声音很轻。拉布拉多注意到了这点。

拉布拉多　我难道会说不是吗？

15.

华沙街头。外景。

乌拉开着她的墨绿色大众汽车驶过成排的墓碑作坊，从华沙奔往布鲁德诺住宅区的方向。她驶过"塔尔古维克剧院"的招牌，以及布鲁德诺墓园的大门，沿着墓园围墙那条街行驶，右手边则是田野和温室大棚。四下空旷，只有这辆大众汽车。我们看到乌拉打起右转向灯，发动机熄火，汽车安静地往前滑行十几米后停下。乌拉下车，茫然地四下张望。后排坐着安泰克,神情很专注,似乎知道些什么?是什么呢?不知道。乌拉打开引擎盖,对着一团乱麻的管线束手无策。出城的方向驶来一辆亮红色的欧宝。乌拉还没来得及挥手,车已经越过她,朝她要去的方向绝尘而去。乌拉放弃了,认命地合上引擎盖,抱着试试看的念头拧下驾驶座上的钥匙。引擎发动了,工作正常。乌拉打方向盘,车子动起来,加速。半公里之外是个十字路口。乌拉开到路口,看到那里围了一圈人,停了好几辆车,便放慢车速。十字路中央有一滩油渍。红色欧宝的前半截插在公交车身里,裂开的散热器冒着蒸汽,路人们大叫着试图拉开车门。乌拉膝盖都软了,减速通过路口停下,想下车看看。布鲁德诺的方向开来一辆救护车,蓝灯频闪,停到路中央。有人从救护车上跳下,拖出担架。人越围越多。乌拉留在驾驶座上,大口呼吸,然后慢慢驶离事发地。她知道自己本该在那辆撞上公交车的小车里,很明显。

墨绿色大众汽车在找地址,缓缓开到布鲁德诺住宅区的一幢高楼下。停车。乌拉下来,手里拿着一个小包裹。

16.

尤安娜的公寓。实景。

尤安娜在玄关打开包裹,取出一双海军蓝的帆布鞋,款式跟我们在乌拉家里看到过的那双一样。

乌拉 这双应该合适了……我们那家商店突然又开了[1]。

尤安娜 合适,特别好。西尔维娅!

女孩没过来。尤安娜领乌拉进屋,中产风格的装潢,摆着沙发床和扶手椅,书架上有若干摆件,还有不少书,有斯塔胡拉[2]的作品,和几本看起来就很严肃的历史书。桌前坐着一位年轻女子,椅子上是一个胡子男和另一位女子。沙发床上的小西尔维娅仔细打量着每个人。尤安娜将乌拉介绍给大家。

尤安娜 这位是泽罗律师的妻子……

乌拉向众人问好。桌前的女子手里拿着注射器,边上放着些罐子和伏特加酒瓶,她放下注射器,伸出手。

安卡 安卡……

乌拉意识到,这里大家都互相称呼彼此的名字。

---

[1]那时波兰物品短缺,除了日常用品以外,其他东西很难找,这里乌拉说他们附近的商店里突然有帆布鞋卖,便给她们买了。
[2]斯塔胡拉(Edward Stachura, 1937—1979),波兰诗人、作家和翻译家。1960年代声名鹊起,曾因诗歌和散文获奖。41岁时自杀。

乌拉　乌尔舒拉。

扶手椅上的女人停下笔。

乌拉　乌尔舒拉。

尤斯蒂娜　尤斯蒂娜。

男人起身。

罗姆采伊思　罗姆采伊思。

他确实很像罗姆采伊思[1]。乌拉落座。尤安娜给西尔维娅试鞋子，很合脚。西尔维娅站起来原地蹦几下，像跳绳那样。尤斯蒂娜注视着乌拉。

尤斯蒂娜　您一定懂这个，听我念——"我恭敬地请求归还搜查期间从我处收缴的物品"，然后是日期等等。这样写给检察官，可以吗？

乌拉有点摸不着头脑。

乌拉　大概可以吧……

罗姆采伊思　首先不是搜查，是检查，他们受不了"搜查"这种字眼。其次不要写"我请求"，尽量少用"请"字。

尤斯蒂娜　那怎么写？

罗姆采伊思　跟平常一样，"我要求"。

乌拉　这不会显得没礼貌吗？

――――――

[1]"勇敢的强盗"罗姆采伊思是捷克儿童动画片《睡前小故事》中的虚拟人物。

他们看着她像在看另一个世界的人。

罗姆采伊思 不会。没有任何事需要去请求。

桌前的女子，安卡，用注射器从酒瓶里抽出一些伏特加，然后注入番茄汁，直到瓶子里的伏特加变得粘稠并泛出红色。她给瓶子贴上标有"Pudliszki牌番茄汁"的标签，给大家展示。

安卡 不会被发现了吧？够浓吧？

罗姆采伊思专业地检查一番，摇摇瓶子。

罗姆采伊思 不错，正正好。

安卡 命名日上喝……他会高兴的，对吗？

罗姆采伊思 我也能干掉它……

他把酒瓶举到唇边，斜过瓶身，酒没漏出来。他满意地放下酒瓶。西尔维娅已经试完鞋子——同时发生的事，很快，时间很短。尤安娜坐到乌尔舒拉身旁。

尤安娜 你花了多少钱？

她不想称呼乌尔舒拉"您"。这场合不合适，但直呼其名又颇尴尬，不习惯。乌拉同样面临此窘境。

乌拉 不，不用……是一份礼物。拉布拉多给我来过电话……

她凑近尤安娜；对方也凑近她。

尤安娜 是吗？……

乌拉 他们打算绝食抗议……你丈夫……会吗？

尤安娜放松地微笑起来，显然，乌拉是应该首先称呼"你"的那个。尴尬顺利散去。

乌拉　你丈夫也在其中。拉布拉多让我来跟你聊聊。

尤安娜　为了什么？

乌拉　为了让他别这么做……拉布拉多说，这会造成不好的后果……会造成干扰。他为你安排了探视，你可以去看看他……

尤安娜　我会去的，非常想去。但我不会对他就这事说任何话……不，我不会说的。

乌拉　好吧，我会转达。

罗姆采伊思似乎刚说了什么笑话，身后所有人都大笑起来。尤安娜没有看向那边。

尤安娜　一切正常吗？

乌拉做个鬼脸；要是能有什么是正常的，那就是正常的吧。

罗姆采伊思在看表。尤安娜注意到这个动作。

尤安娜　要走了吗？我送你去出租车站。

罗姆采伊思　我自己去，不用麻烦。

尤安娜　我知道你没问题，但送送你会放心些。

她走去玄关，一定是去换衣服。罗姆采伊思也站起来，从口袋里掏出一张纸币，塞进架子上一个扎科帕内[1]样式的木质首饰盒。乌拉注意到这个动作，罗姆采伊思冲她挤挤眼。尤安娜穿戴好后回来。

尤安娜 走吧，不知道出租车好不好叫……

乌拉回过神。

乌拉 我开车来的，可以带你。

罗姆采伊思 可以吗？去瓦维尔大街？

乌拉 中央统计局[2]？

罗姆采伊思 不，肿瘤医院……放射科只开到12点。

他穿好衣服，与尤安娜告别。

罗姆采伊思 有什么话要带给达莱克吗？我过几天回去，我们还会见面，不过还是以防万一吧。

尤安娜 让他保重。就说一切都好。西尔维娅有了新帆布鞋。把你知道的都告诉他。

尤安娜与乌拉告别。

尤安娜 你还会过来吗？尽管来吧……

乌拉 安泰克来过这儿吗？

尤安娜 他吗？他来过几回。

罗姆采伊思 十点半啦！

---

[1] 扎科帕内，波兰山区城市。
[2] GUS: Główny Urząd Statystyczny，波兰中央统计局。

17.

瓦维尔大街肿瘤医院的走廊。实景。

瓦维尔大街放射科门前,人们坐在墙边长椅上。罗姆采伊思在队伍中给自己占个位置,然后回到乌尔舒拉身边,露出一个大大的微笑。

  罗姆采伊思 谢谢你。

他伸出手来。

  乌拉 你一个人可以吗?

  罗姆采伊思 放心吧。

乌拉握他的手,握了一会,好像还想说什么。却什么也没说。一个老太太被护士用医院的推车推过来。罗姆采伊思目光跟随着她,直到电梯门打开。乌拉没注意这些。护士推车进电梯的时候有些吃力,罗姆采伊思走过去。

  罗姆采伊思 不是这样……

他熟练地上手帮了护士一把。老人呻吟一声。

  罗姆采伊思 怎么了?很疼吗?

乌拉注视着这个小细节。罗姆采伊思回到她身边。

  乌拉 我可以等你出来,我还有时间。

走廊里人很多,都形单影只。他们互相不交谈,顶多偶尔冒几个字眼。无论什么年龄或地位,到这里都没有差别。罗姆采伊思融入得很快，显然来过很多次。两人坐到稍远的地方轻声交谈。

乌拉　这里所有人都……

罗姆采伊思　对，所有人。

乌拉　那你呢？

罗姆采伊思摸摸自己的肚子。

罗姆采伊思　这里。我希望不会扩散到其他地方。我发现得很早。

他默默笑起来。

乌拉　你自己发现的？

罗姆采伊思　我是医生。

乌拉　你说，你要回去……回哪儿？

罗姆采伊思　回监狱。我是保外就医。

有人进诊室，队伍开始移动，他俩跟上。现在他们必须坐得离其他人更近，所以说话压得更低。乌拉在观察这些人。

罗姆采伊思　我听说过你丈夫……

乌拉　听说什么了？

罗姆采伊思　他是个好人。

乌拉　就这个？

罗姆采伊思　这还不够吗？

又有人进诊室。队尾坐着安泰克，俨然成了候诊者一员。

18.

安泰克的公寓。内景。

晚上。乌拉背对我们在厨房里忙乎，洗刷或是做饭，反正动作很麻利。她像是要泡茶，水已经开了。她往茶杯中放入茶包，倒进热水。沸水灌满茶杯，发出一声轻响，裂开了。疲惫的乌拉无助地看着滚烫的开水淌到柜子上，地板上。她没有拿抹布擦，而是坐到椅子上。雅采克手里抓着一叠文件跑过来。

雅采克 妈妈，十五号了。

乌拉 这是什么？什么时候？

雅采克 明天。要付物业费[1]和电话费。还有电费，都到期了。表我帮你填好了。

乌拉 你怎么知道是十五号……我都忘了。

雅采克 我知道的。

乌拉 帮我放进包里吧。

雅采克离开。乌拉站起身，把茶包放进新的玻璃杯，小心翼翼地沿着茶匙倒热水。她成功了。她把茶放身边，重新坐下。很久，她只是拿着茶匙在杯中搅拌，

---

[1] 那会儿几乎没有人租房，都是国家分配，每个月只要付物业费。

太久了。雅采克在门边出现。

雅采克 我给你弹点什么吧，想听吗？我想到一段旋律……

乌拉 现在不要，孩子。我太累了。明天放学后，好吗？去睡吧，乖。

雅采克离开。他换下衣服，像往常一样尝试把衣服叠好。他穿上睡衣，正打算跳上床，突然想起还没刷牙。于是去了卫生间。

乌拉 雅采克，刷牙。

雅采克 我正要去呢。你的茶没喝，都凉了。

乌拉闻言用茶匙蘸着尝了尝。她皱皱眉，茶的确冷了。她不情愿地顺手把茶杯扔进水槽。茶杯碎裂，茶水溅出。雅采克又出现在门口。

雅采克 怎么了？

牙刷还在嘴里。

乌拉 没什么。我弄碎了一个杯子。今天第二个了。

19.

法院走廊。实景。

跟上次一样，拉布拉多在法院走廊与达莱克的妻子见面。小米耶在旁认真听他们交谈。

拉布拉多 快一个星期了,夫人。整整5天。

尤安娜 对他会有影响吗?

拉布拉多 这是政治问题。因为被跟罪犯关在一起,因为被撕掉了墙上的东西。他们会怎么干也就明摆着了——您亲爱的丈夫也参与了。

尤安娜 我明白……

拉布拉多 我很怀疑这种做法。拜托您了,不管怎样,这对我也非常不利,因为我为他辩护是想让他出来。他必须信任我……

尤安娜 我知道,乌尔舒拉跟我说了。

拉布拉多 您必须去找他,告诉他,让他开始吃东西。让他第一个吃,跟往常一样喝掉午饭的汤。我会为您安排探视的。

尤安娜 我不会跟他说这个的,律师阁下。

拉布拉多 我知道,乌尔舒拉告诉过我了。

尤安娜 没错。

拉布拉多 您认为,谁会担心这件事?您?我?反正那些我们要去说服的人肯定不会担心。

尤安娜 这不是为了让他们担心……

拉布拉多 那为了什么?为了唤起良知?谁的良知?为了达到什么目的?您知道为了达到目的,会出现什么样的后果吗?您并不知道。他想保持体面,夫人。可他有意识到后果吗？他对别人都很好，特别好，可这又叫什么事呢？您会去跟他说吗？

尤安娜　不。

拉布拉多　好吧，那我去跟他说。

小米耶摇头。他插入对话，模仿拉布拉多的口气，尽管不太必要。

小米耶　不要这么固执，夫人。这样对他没好处。

一旁的安泰克露出微笑，小米耶的口气跟老头子太像了。尤安娜从手提包里拿出一份折成四折的《人民法院》，递给拉布拉多。

尤安娜　您看看吧，律师先生。

拉布拉多打开报纸，映入眼帘的是体育新闻，他翻去背面。背面有一则不大的消息，像是尤安娜圈出来的。拉布拉多急急扫一眼，什么也没有，没有任何威胁性信息，他不太明白她意思。

尤安娜　他的所里成立新工会了。

拉布拉多又仔细读一遍。

拉布拉多　您认识这些人？

尤安娜　认识一个，是达莱克的朋友。他俩在一条街上长大。

别德隆法官从一旁经过。拉布拉多站起来，对尤安娜欠下身后，便拦下别德隆热烈寒暄起来。

拉布拉多　法官阁下，我可以找个日子去拜访您吗？

别德隆　您有什么事吗，律师阁下？要不就现在？

拉布拉多　不不，另找一天吧……

别德隆　随时恭候。

拉布拉多　这位是我们被告的妻子。

他朝尤安娜的方向示意一下，然后与法官道别，回到尤安娜这里。

拉布拉多　他会主持我们案子。

尤安娜望着别德隆离去的背影。他也回头打量她一下。安泰克又露出微笑，他了解拉布拉多。

拉布拉多　您还好吗？经济方面？

尤安娜　差点忘了，我就是为这事来的，我拿到一笔钱，可以给您……

她伸手去拿包，拉布拉多按住她的手。

拉布拉多　您不需要为此破费。我只是想问候您的生活，是否过得还好……我们可以一起想想办法……

尤安娜　不，我过得还好。比先前要好。

拉布拉多　我知道了。这份报纸您可以借给我

无休无止　　73

吗？或者作为礼物？

尤安娜 当然。

拉布拉多用钢笔把她认得的那人名字圈出来。尤安娜起身。拉布拉多和小米耶待在原地，手里拿着报纸。安泰克就坐在旁边。拉布拉多把报纸放到不如往常厚实的公文包里，转向小米耶。

拉布拉多 你去他们所里看看，找到那家伙。问问他们作为新成立的工会，是否愿意表达些良好意愿，关心下员工，甚至关心下那些异端分子，拉斯塔赫一把。

小米耶 要表示我知道他们认识吗？

拉布拉多 绝对不要。就用辩护律师的名义行事，他们作为非政治团体，要为保护自己的工人辩护。不要表现出任何立场或者关系，一点都不要透露。

两人说话时，安泰克在认真读《人民法院》。等拉布拉多回过头来，安泰克和报纸又都不见了。拉布拉多环顾四周。

拉布拉多 该死的，这是怎么回事？刚刚还在，这就不见了？这报纸是什么好东西，居然在法院里也会被偷？

小米耶 没有任何东西会自动消失的，律师阁下。

拉布拉多 去买份新的。

他从口袋里掏出两个兹罗提。

小米耶 报纸现在要5个兹罗提了，律师先生。

拉布拉多 《人民法院》也要那么多？

小米耶 价格都统一了。

拉布拉多耸耸肩，不知是因为报纸的价格，还是因为助手的表达欠奉。就在两人说话间，我们朝长椅下看了一眼。那里毫不意外地躺着那份《人民法院》。也许他们中的谁碰掉的？它就在椅子下边。

安泰克在法院的走廊上逛。他看见同事在与被告的家人谈话，民兵在押送被告，从庭审室跑出来的法官和检察官要么在抽烟要么在聊天；他还看到庭审室的门牌，各种公共团体，证人们——或孤身一人或三五成群闲聊。他在一间庭审室前稍事停留，不知上面张贴的什么案情内容吸引了他。

20.

法庭。实景。

庭审现场。年轻小伙坐在被告席，边上是民兵，前面是律师。法官、检察官、十多个观众——安泰克混在里面，坐得稍偏。一个头发很短的年轻人背对我们，缩在肥大的民兵制服里，反手抓着制服帽。他是证人，站在自己位置上。

法官 ……所以到底该怎么解释这些？证人曾在调查中作证，说他走近克拉科夫郊外大街时，看到被告站在欧罗巴酒店的墙边。证人是否确认过这一点？

证人 是的。

法官 证人能否再次对此进行确认？

证人 不能。

法官 为什么？证人是否在调查过程中说谎？

证人 没有。

法官 如果证人没有说谎，为什么不能再次确认证词？

证人沉默，又一轮寂静。法官耐心等待。

证人 我不能。

法官 本庭收到。是否有人在调查或庭审中强迫或诱导证人做出证词？

证人 不，没有人。

法官 那么本庭再重复一遍问题：为什么证人不能再次确认证词？

证人 法官阁下，我，我是在做梦。

法官 什么?

证人 这都是我梦到的。

法官 证人梦到些什么?

证人 梦到我走近被告。像透过一层出汗的玻璃[1]看到这些,看到我走近被告……

法官 透过出汗的玻璃?

证人 我们设备上装的那种玻璃……会出汗,看不太清楚东西……

法官 所以证人能看到被告?在梦里?

证人 看得不太清楚。我每晚都会梦到自己朝一个人走去,但不知道他是谁。我看不清那人。只是看到他在迷雾里,就像是透过玻璃。

法官 接下来呢?

证人 在梦里?

法官 对。

证人 没有了。我朝被告走去,他转向我,直直转向我,然后梦就醒了。

法官 难道证人走近的时候没有认出被告吗?请证人现在再看一眼。请站起来!

最后的指令是对被告发出的。被告起身。这是个不起

---

[1] 民兵不知道怎么表达,就说这玻璃"出汗",像人一样。

眼的小伙子，穿着毛衣，头发很长。民兵小伙盯着他。被告也望着他，眼里的好奇多过不情愿。一片肃静。法官打破这肃静。

法官　证人是否能辨认出被告？他是否是证人梦到的那个人？

证人　不……不是他。先前调查中我以为是他。我没撒谎，我当时真的以为就是被告。可现在我每天都做梦，发现原来不是他。

法官　那又是谁？转身面对证人的是谁？

证人　那是……是一个看起来跟我一模一样的人。

又一片寂静中，安泰克露出和在场所有人一样的表情。这证词很震撼。对他而言也这样吗？看起来是的。

法官　证人作证完毕。被告可以坐下了。

21.

尤安娜的公寓。实景。

夜晚。沙发床展开着，几撮人分散在公寓不同的角落。小西尔维娅可能睡了，四处都没有她的身影。几个人坐在扶手椅上，另几个坐在地毯上，沙发床上有两个女人在交谈，背靠墙壁。乌拉也坐在沙发床上，但不像其他人那样随意,只是拘束地坐在床沿,尤安娜坐在她身旁的地毯上。我们将一直停留在乌拉身边,不时听到一些零碎的对话;尤安娜作为主人,会偶尔就某个话题插几句话。

乌拉 我把包裹送过去了,离我那里很近……

尤安娜 老太太太可怜了,是吗?

乌拉 可怜啊……起初不让我进门,接着就嚎啕大哭……那个姑娘呢?上次给检察官写信要东西的那个,好像叫尤斯蒂娜……

尤安娜 坐那儿呢。

尤安娜指指尤斯蒂娜,后者就坐在墙角的地毯上。乌拉掩住嘴笑。尤安娜招呼尤斯蒂娜,打断了她的谈话。

尤安娜 尤斯蒂娜!他们把东西还给你没有?

尤斯蒂娜 还在等!

她们回到自己的谈话。

乌拉 他们拿走了什么?

尤安娜 都是些破烂,她一无所有……家里挂了一张里根的海报,像个牛仔,看到没?

乌拉有看到。

尤安娜 他们说,街上是一码,家里是又一码。他们还拿走些别的破烂和一堆笔记,她正在写关于巴

无休无止

钦斯基[1]的论文，跟国家出版中心还是读者社[2]签过合同，那是她的主要生计……就因为那帮人中有一个在她那里住过一阵。可他们去晚了。

乌拉　也有人在我们家住过，就一个晚上。安泰克甚至没让我见，只是让他睡在书房里，第二天一早就走了。他后来才了解情况，有点后怕……

尤安娜　害怕？

乌拉　可能吧，没表现出来，但应该有的……他说他有别的事要做，更重要的事。可能吧……他后来被传唤过，但似乎并不是为了这个……

尤安娜　那是为什么？

乌拉　我不知道，反正不是为了这个。就那么一次……

一个严肃的红发女人从尤安娜头顶俯身过来。

玛尔塔　阿莎[3]，小伙子们等不及要走，哪里有去城里的公交？

尤安娜起身。

尤安娜　你们俩认识一下吧。我去跟他们说。

---

[1] 巴钦斯基（Krzysztof Kamil Baczyński, 1921—1944），波兰诗人，二战时期波兰抵抗武装战士，波兰"哥伦布一代"运动最著名的人物之一。德占期间参与波兰起义并牺牲。
[2] 波兰出版社的名字。
[3] 阿莎：也是对尤安娜的昵称，显得更为亲昵。

女人在乌拉身旁坐下，伸出手，看上去是个一丝不苟的人。

玛尔塔　玛尔塔·杜拉伊。

乌拉　乌尔舒拉·泽罗。

玛尔塔仔细端详乌拉。

玛尔塔　泽罗……您是泽罗律师的某位亲戚吗？

乌拉　是他的妻子。

玛尔塔　安东尼？

乌拉　是的，安泰克。

玛尔塔　我认识他，还没您的时候我就认识他了。他现在在做什么？

乌拉　他死了，一个月前。

两人沉默。

乌拉　您认识他？

玛尔塔　15年前，他还在上学。他睡海边的帐篷，我和同学住一间小屋，同一片海滩……有天晚上，我们都睡下了，他穿着泳裤跑进来。他夜里下海游泳，有人偷走了他的帐篷，像是恶作剧，我记不太清……他湿漉漉地跑进来，身上滴着水就坐到我们床上，弄湿了我们的床单和毯子，然后又湿漉漉地站起来。两条弯曲、精瘦的腿……

乌拉　他的腿不弯。

玛尔塔 当时弯的。

乌拉 后来呢?

玛尔塔 后来我再没见过他……

乌拉的"后来"是另一重意思,那个夜晚之后或那段假期之后。她不知道如何开口,劈头就问"你们当时怎么睡的?"太难了。

乌拉 他从没跟我提起过这事。

玛尔塔 不是什么特别的事。温馨而炎热的夏天……他站了一整夜,身上干了还站着,一动不动。几天后他们就离开了……

乌拉 他们?和谁?

玛尔塔 他们一行有好几个人,我记不太清了。来实习什么的……他不想走,这里气候太好。他说他会当法官,热爱加缪。救赎的法官[1],后来我也从头读过一遍……他当成了吗?

乌拉 不。他做了律师。他说自己从小想当律师。

安泰克吃惊地看着这一幕,看着这个老练的红发女子。他真的想过当法官吗?乌拉想了解更多。

乌拉 您还记得些什么?

---

[1] 法国作家加缪小说《堕落》中的人物,名字叫:Clémence Jean-Baptiste,他把自己叫做juge-pénitent(救赎的法官)。

玛尔塔 没了，应该没了……

乌拉 细节呢？

玛尔塔 你们俩结婚多久了？

乌拉 十一年。

玛尔塔 真久啊……他是因为心脏原因去世的？

乌拉 您是怎么知道的？

玛尔塔 他好像说过，心脏有点问题。

尤安娜回来了，脸在外面冻得通红。

尤安娜 他们走了。有趣的是他们遇到了所里的同事，现在做司机。他们跟了他的车，至少可以暖和点。外面冷得像地狱。

22.

安泰克的公寓。内景。

深夜。乌拉在放照片的抽屉里着急翻找。从一堆照片里发现这样几张：海滩上，一脸青涩的安泰克和同样年轻的托梅克拥着两个女孩。照片纯真无邪，毕竟是四人合影，姿态也更像是普通朋友。图像有点模糊，显然是业余人士拍的。安泰克身旁的女孩对着镜头笑得很灿烂。乌拉认不出里面是否有一个玛尔塔？是哪一个？除了这张，再没有照片可以让人联想到今天的故事了。她把找到的照片放进包里，走出书房，关上

无休无止　83

灯，貌似走进了浴室，因为我们可以听见浴缸里的水声。安泰克独自留在书房里——灯光从半掩的浴室亚光玻璃门上透出，隐隐照亮了安泰克。

安泰克 我苦苦回想海边的那一夜，怎么会穿着湿透的泳裤站上好几个小时……完全没印象了。我不记得这个女人，我真的认识什么玛尔塔吗？这个海边的红发女孩应该比我大一点……他们确实偷走了我的帐篷，但那是在白天，我哪儿也没去，睡的是托梅克的房间，托梅克是和父母一起来度假的。想当法官……可能有过这个念想吧。现在不记得了？不，完全不记得。我现在没有知觉……不觉得冷，不觉得热，也感觉不到疼痛。但不是说我忘记了疼痛和寒冷为何。只不过，对有些东西，我是切实感受到，还是仅仅出于它们给我们的本来印象所自带的效果？我想要或不想要什么，这都不是真实的。其实我知道应该要这个，不应该要那个。可乌拉嫉妒那个……

他轻笑一声。

安泰克 （接上）……嫉妒，可我甚至不记得她，完全不记得。这也许并不完全出自女人的天性，即便有这方面因素，也主要是因为那女人知道一些她不知道的东西。我不能跟她谈那一幕。但她会观察男人，会注意那些与我相像的人。因为相似的体型，她会尾随他们,然后走开,生怕正面看到脸。有一天,她的绿色大众车在红绿灯前迟迟不肯发动,因为有个拿着跟我一样公文包的人经过。她爱过我……不,她现在爱我更胜过以前,甚至可以跟我们热恋期相比。我的嫉妒——如果现在我能有的话——与她的嫉妒完全不同,我不知道是否有人会理解这点。我嫉妒他们现在拥有的一切,幸福或不幸、憎恨或爱恋、嫉妒、饥饿、疼痛,所有。这大概是我被收回的事物中最重要的部分。所有人梦寐以求着,没有苦痛折磨,没有焦灼、悲伤、牙痛等等。可他们不知道,这样的安宁,意味着自己不存在。

乌拉关掉浴室的灯。一片漆黑。

23.

法院走廊。实景。

拉布拉多在爬楼梯。二楼楼梯口遇到托梅克。托梅克一身律师长袍,手里拿着公文包之类。他回来了?

拉布拉多 哟,总算回来了。几年没见?两年?

托梅克 两年半,律师阁下。您气色不错。当年我们就是在这里道别的,还记得么?

拉布拉多 定居了?

托梅克 老实说?并没有。

拉布拉多　你现在做些什么?

托梅克　都是些小案子。盗窃、斗殴,偶尔会接个离婚案子。我听说您正相反。

拉布拉多　你也听说了?你知道我听说你回来时是怎么想的吗?你应该接替安泰克完成这个案子……这是他愿意看到的。

托梅克　不,我不行。还是这里的人来办更好,熟悉这里的状况。我认为您出马最合适。

拉布拉多　我个人很怀疑这点……我是说真的。

托梅克　我也是。接这个案子需要信心和意愿。我有意愿,但没信心。我觉得自己是个外人,陌生人。

拉布拉多　你不会待太久,是吗?

托梅克　不会。

拉布拉多　我不赞同。你见过乌尔舒拉了吗?

托梅克　见过一面。

拉布拉多　去看看她吧。我跟她电话聊过几次,她恐怕不太好。走之前给我打个电话,我那边有熟人,帮你写封信,会有帮助?

托梅克　我还不确定,律师阁下。

拉布拉多　我明白。但请给我打电话吧。

24.

维克多利亚酒店咖啡厅。实景。

托梅克和乌拉坐在咖啡厅里,窗口便是扎切塔国家美术馆。傍晚了。咖啡已经喝完,他们面前放上了高脚红酒杯。托梅克正在讲笑话,惟妙惟肖地模仿着西米尔斯巴赫[1]。

托梅克 服务员说……肉丸配白菜。我告诉他,妈的,肉丸我家里有,我还有摩托车呢。我出去一看,放那儿的摩托车被偷走啦。

笑话很逗,特别是如果知道西米尔斯巴赫的话。两人一阵大笑。乌拉严肃下来。

乌拉 安泰克也跟我说过这个,但没这么好笑。我想起来……

她伸手去拿包。

乌拉 你记得这张照片吗?我刚发现的……

托梅克仔细端详那张海滩上和两个女孩的合影。

托梅克 对……67年的暑假。或者66年,大学一年级结束的时候。安泰克真瘦啊。

乌拉 两个女孩呢?

托梅克 碰巧遇到的,她们跟一个带相机的家伙

---

[1]西米尔斯巴赫(Jan Himilsbach,1931—1988),波兰非常喜感的演员,声音很独特。

一起。我用他们的相机拍他们,然后那家伙拍我们,用我的相机。美好岁月啊……那次他们还偷走了安泰克的帐篷。他去了某个姑娘那里,站了一整夜……

乌拉 就站着?

托梅克 是啊,他决定就这么站一夜,然后就做到了。起先只是好玩,后来就成了折磨。他感觉自己待在一个不能坐下的牢房里。他喜欢其中一个姑娘……

乌拉盯着坐在几张桌子开外的一个年轻人,西装,戴银边眼镜。

乌拉 红头发的?

托梅克 你怎么知道?

乌拉 他喜欢红头发……

托梅克 不,金发的,身材苗条,跟你一样。确实有个红头发的。但不是她。是那个金头发的。甚至好像跟她……

他注意到乌尔舒拉的眼神。

托梅克 你在看什么呢?

乌拉 那双手跟安泰克的一模一样,看。

托梅克回头,没发现哪里像,却看到了完全不同的东西。窗外有人正在把乱停的汽车拖上"道路管理车"——马佐夫舍大街的这侧街沿禁止停车,可这边维克托利亚酒店门前已经停满了。乌拉也注意到了。

乌拉 你没把车停那吧？

托梅克 停了。

乌拉 你的车。我出去一看，放那儿的摩托车被偷走啦。

托梅克还在将信将疑，甚至被乌拉的笑话逗笑了。但他的小菲亚特真的被"道路管理车"拖着朝阅兵广场的方向开去。

托梅克 天啊……我的车。你在这等我？我或许能追上他们。

乌拉 他们会在阅兵广场还你的，一千兹罗提罚单和拖车费。

托梅克 你等着我？

乌拉 你快去吧。我有车，自己能回。

托梅克在她脸颊上飞快亲一下，飞奔而出。乌拉看见他在跟"道路管理"的人交涉，随后朝卡罗瓦街方向狂奔。戴银边眼睛的小伙子这会儿正看着乌拉，她也朝他看过去。小伙子微笑，酒杯举到嘴边，跟她遥碰一下。乌拉晃晃嘴边的红酒，表示"碰回去"。小伙子走过来，大大咧咧地坐到她旁边。

小伙子 Will you have a drink with me?[1]

---

[1]英文：你要跟我喝一杯吗？

乌拉明白了，把她当作了本地妓女。她飞快思考一秒钟。

乌拉　Yes.[1]

小伙子冲服务员示意，指指她的酒，伸出两根手指头。他在微笑，近距离很容易看出是个善良直接的美国小伙，皮肤晒成那种好看的颜色，从小喝饱果汁。

小伙子　Fifty?[2]

乌拉　What?[3]

小伙子　Fifty dollars, Ok?[4]

一切再明白不过。乌拉有备而来。

乌拉　Ok.[5]

女服务员把酒端来了，小伙子付钱。等服务员离开，他掏出房间钥匙，瞅了眼上面的数字。

小伙子　Three, four, five.[6]

25.

"维克多利亚"酒店房间，实景。

---

[1] 英文：好。
[2] 英文：50?
[3] 英文：什么?
[4] 英文：50美元，可以吗?
[5] 英文：好。
[6] 英文：3,4,5。

乌拉凭本能做选择，看来选择正确。她先摘下他的眼镜，然后身上的其他东西。她走进浴室，也脱下衣服，打开喷淋，却没有马上走到水流底下，而是站在镜前看自己：天，我这是在做什么！只是片刻的闪念。此刻她已经回到房间，安泰克看着两人在那张舒适大床上交叠一处，她把腿搭到他背上，这让安泰克不太好受，但由于他不必舒缓自己的生理需求，所以只是咽了一大口唾沫就过去了。眼镜男很愉悦，甚至为如此热情主动的服务感到惊讶。他伸手取过烟，点燃，塞了一根到乌拉唇间。抚摸她的头。

小伙子 You are terrific…[1]

乌拉短咳一声。

乌拉 Do you speak English only?[2]

他笑出声。

小伙子 No.[3]

乌拉 German?[4]

小伙子 Yes.[5]

---

[1]英文：你太棒了……
[2]英文：你只会说英语吗？
[3]英文：不。
[4]英文：德语？
[5]英文：嗯。

乌拉 French?[1]

他觉得这个游戏有趣,但不明白她的意图。

小伙子 Yes.[2]

乌拉 Polish?[3]

小伙子 No.[4]

乌拉 Not a word?[5]

小伙子 No.[6]

乌拉 你永远不会懂的。

小伙子笑起来。

小伙子 I don't[7]…

乌拉变得异常严肃。

乌拉 就算说英语你也不会懂的。三十六天前我丈夫死了,很突然,"砰"(她打了个响指),就走了。我本以为自己对他的爱不过如此,有点爱,有点不爱,甚至从没去想过这个问题,总是孩子、工作、购物。

她没看美国人,继续自顾自说。小伙子被这段叽里呱

---
[1]英文:法语?
[2]英文:嗯。
[3]英文:波兰语?
[4]英文:不会。
[5]英文:一个词都不懂吗?
[6]英文:不懂。
[7]英文:我不……

啦的独白惊到了。安泰克却并不意外。

乌拉 （接上）我曾拥有很多，却从不知道有那么多。现在我无法相信曾经的那些糟糕日子，我甚至恨过他。我身在福中不知福，现在才知道自己幸福过。我不能带着这样的遗憾生活，我不能……为了这个问题我读过些书，看过些电影，他们都强调说一切会过去，说时间会带走一切，日子会继续……可我做不到。我以为是床上问题，但不是。我们有时一整个星期都不睡一起，也有过美妙的时光，但这跟做爱无关。我不能够停止想他，他无时无刻不出现在我眼前，一直在那里。我跟妈妈聊过，妈妈又能怎么说呢？她说这是必经阶段，女儿，会过去的。要是能过去，之前那些又该怎么办？我一个人怎么办？找人睡觉或酗酒……可我现在完全感受不到你在我里面，完全没有，完全空虚。没有意义，可又有什么是有意义的呢？

她坐到床上。美国人从背后抱住她，头枕在她背上。

乌拉 你爱上我了吗，哥们儿？

小伙子 What?[1]

乌拉 你爱上我了。

---

[1] 英文：什么？

无休无止

小伙子 Will you say it in English, please.[1]

乌拉站起身，穿上内裤，穿上衣服。小伙子以为她要去浴室，她却突然走向大门。他已经带上眼镜。她走出去，带上门。

26.

法院餐吧。自然内景。

嘈杂、噪音、咖啡、茶，也许还有香烟？拉布拉多从售货窗口带着两杯咖啡走开，一路弯腰躬背，四下招呼。有人喊："律师阁下！"他转过身，别德隆法官正坐在楼梯下靠里的位置。他走过去打招呼。

别德隆 您跟谁一道呢？

拉布拉多 我一个人。

别德隆 那这咖啡？

拉布拉多 请您的，法官阁下。我买完一看，想着会不会是您给我的暗示？

别德隆 今天第二杯了，但如果您请我的话……

他抿一口，咂咂嘴。餐吧的这种研磨咖啡里都是咖啡渣。

拉布拉多 法官阁下，要是我给您带来一桩麻烦

---

[1] 英文：请你用英语再说一遍。

事，您会怎么说？要是有合法成立的新工会为斯塔赫担保，您会放过他吗？

别德隆 您要用这个干嘛？

拉布拉多 安抚安抚他的妻子，他也会老老实实的……

别德隆 您会相信？他已经一个星期什么都不肯吃……

拉布拉多 有了这个他会回心转意的。

别德隆 那他们，我们的这些工会成员，又为什么要这么做呢？

拉布拉多 我还没有跟他们说。我先来问您，但我认为他们现在会做出个姿态……

别德隆 那他呢？他才是最麻烦的，不是吗？

拉布拉多 如果您能给我一点希望，我会去找他谈。

别德隆摊开手做出一个颇戏剧性的手势。

别德隆 法庭有三位法官……您真心认为，这会让他们取得一致吗？

拉布拉多 真心？不……我不这么想。这只是辩护人的把戏而已。

别德隆 您知道我要对您说什么吗？

拉布拉多 知道，扯淡。

别德隆　没错，这条路没门。

拉布拉多　我不知道我们能不能活着看到那一天。所以，我们会试试吗？

别德隆　您就试试吧。

拉布拉多　有空再来叨扰。

拉布拉多跟他告别。别德隆法官陷入深思。现在可以看出，他两颊下垂，疲惫不堪。

拉布拉多走到小米耶等着的小桌边。

拉布拉多　咖啡你自己去买吧，你那杯给别德隆喝了。

27.

安泰克的公寓。内景。

乌尔舒拉和尤安娜面对面坐着聊天。小西尔维娅跟往常一样专注地听大人们讲话，一言不发，甚至像不存在似的。

尤安娜　……你会帮上忙的。你东奔西跑帮我们那么多，我们需要你。

乌拉不太情愿地摇着头。

尤安娜　是的。你还活着。

乌拉　我不在乎这个。看到他们的种种不幸和苦难，我就会想自己的不幸是否更重要。我不能太在意他们，你明白吗？我每天天没亮就会惊醒。起床，做早饭，一直后背发凉。开车，做事，不管做什么，即便和雅采克在一起……我都感到空虚，感到那种冰凉。我每天数着日子过，我这是为了什么，想要什么？四十二天跟一百年一样漫长。我和他在一起很久了，十年，如今感觉只是一瞬间。我给自己倒了茶，却忘了喝。

茶确实快凉了。

尤安娜　你喝吧。

乌尔舒拉舀几匙，喝到一半停下。

乌拉　怎么？

尤安娜　好喝吗？

乌拉　太苦了。

尤安娜　那就加点糖。

乌拉加了半匙糖，喝掉剩下的半杯。

尤安娜　现在呢？

乌拉　太甜了。

尤安娜露出似笑非笑的表情。

乌拉　就是这样。

尤安娜　你应该去找催眠师。

乌拉　为什么？

尤安娜　给你催眠，让你不再去想他。

无休无止

乌拉 有用吗？

尤安娜 我有这么个人的地址。他催眠过我婆婆，给她止疼……疼痛停过一阵，后来又开始疼，但那段时间的确帮到了她。他会对你说话，让你不去想，然后你就真的不去想了。

乌拉 我不确定要不要这样做。

尤安娜 试试吧，万一有用呢？

乌拉 我从没这样嫉妒过。我想起他认识的所有女孩，尽管她们以前对我没有意义，几乎没有任何意义。可现在我看那些照片，读那些信，反复念叨我认识和他从没告诉过我的那些名字，这是最苦涩的部分。他曾经去看过某人，我看到过他和这个女人坐在车里。可能是同事或客户，也可能不是……我想起来有那么个女人，那会是谁？

尤安娜从包里取出笔记本，在纸上写下一个地址，放到乌尔舒拉面前。

尤安娜 在马鹿区。

乌拉 你知道我做了什么吗？我背叛了他。

尤安娜 他已经不在了……

乌拉 不在了，但我背叛了他。我试过一次，以为……可没有用。我一直想，天啊，我为什么会这样对他。这对我没什么，但我为什么要这样对他？要知道,不久前他还在抚摸我,我现在还能感觉得到……

乌拉大概意识到自己说太多了。她看着西尔维娅,笑了。

乌拉 西尔维娅,你能听懂吗?

西尔维娅认真地点点头。

28.

马鹿区的公寓。实景。

催眠师是个穿牛仔裤的年轻人,有一双清澈乌黑的眼睛,眼神里一尘不染,大街上每天都能看到这样的小伙子。他很活跃,坐不住。公寓是那种标准样式,室内让人想起私人牙医的候诊室,没人情味,也没有任何神秘标志。

催眠师 我还从没做过这种,但应该可行……这个人还活着吗?

乌拉 活着。

催眠师 但不能和您在一起?

乌拉 不能。

催眠师 以后也不会?

乌拉 永远不会。

催眠师疑惑地审视她。或许他明白了?

催眠师 好吧。我带您入梦,您要按照我的指示一步步来。之后我会尝试把他从您的记忆中模糊掉，试试看吧。这个过程我们也许需要重复做。

他坐到乌尔舒拉对面的椅子上。她坐在扶手椅里，他事先已经拉好窗帘。

催眠师　请闭上眼睛。睁开，看我。

乌拉看着他，他也看着乌拉。他的眼神平静又坚定，似乎能洞察一切。对视片刻，乌拉眯起眼。

催眠师　请您放松，放松下来，彻底放松。放松腿部的肌肉，然后是腹部、手臂、颈部、面部。

乌拉顺从地放松自己。

催眠师　现在请闭上眼睛，轻轻合上眼皮。现在你已经彻底放松，平静，所有肌肉松弛，自由。什么都不要想。你感受到梦境到来，很近，从下而上地淹没你，拥抱你，眼皮不愿打开。你抬起手，手臂很轻盈，自由抬起，不需要用力……睡吧。

安泰克看着他陷入沉睡的妻子。她真的轻松抬起手，举高。催眠师也闭上了眼睛。

催眠师　现在放下手臂，不需要用力。你感受不到四肢，感受不到身体。

催眠师语速缓慢，语调平缓。他沉吟一会，在组织语言还是在酝酿情绪？

催眠师　什么都不要想，也不要去想他。你不会再去想他，不管是现在，还是醒来。你不会再去想他，因为他已经不在。

乌拉轻轻挑起眼睑，对面坐着安泰克，她看着他。安泰克在微笑，乌拉立刻闭上眼，相信自己在做梦。过一会她又微微睁眼，安泰克还在，在朝她微笑。她听见催眠师的声音。

催眠师 他已经不在。你再也不会去想他。你不会再想要他在你身边，他已经停止存在。你不会再想看到他，不会再想跟他说话，不会再想跟他在一起。你不会再想起他。

乌拉同样试着朝安泰克微笑。她一直处于不敢相信的状态，抬起食指。安泰克也同样抬起自己的手，伸出同一根指头。乌拉放下手指，安泰克照做。平静下来的乌拉闭上眼睛。

催眠师 等你醒来，你不会再去想他。你会记不起他的脸，他的声音。你不会想要记起他，也不会记起他。现在我要唤醒你。你开始感觉到自己的身体。你感觉到你的颈部、腹部和双腿的存在。身体开始变得沉重。梦境慢慢消失。当我数到零，你会睁开眼睛。五，四，三，二，一，零。醒来吧。

乌拉睁开眼睛。催眠师起身拉开窗帘，四周通亮，窗外是阳光明媚的马鹿区。乌拉也站起身。催眠师向她伸手。

催眠师　让我们看看效果吧，也许还得做一次。如果您觉得需要，请再来一趟。

乌拉混混沌沌地走出房间。走廊里尤安娜在等她。一个下巴长长的年轻女孩在负责照应。

女孩　您感觉还好吗？

乌拉　还好。

她伸手去拿包，女孩拦下她。

女孩　已经结过了。欢迎下次再来。

走廊里还坐着三个女人。乌拉和尤安娜一道离开，尤安娜按下电梯按钮。

尤安娜　有用吗？

乌拉　有用。

电梯正在到来。

29.

探视室。内景。

拉布拉多从公文包里抽出《人民法院》。达莱克除了一身睡衣、没修边幅，跟先前没有两样。窗外风和日丽。

拉布拉多　瞧你妻子让我带来了什么。

达莱克　尤安娜？《人民法院》？

他犹疑地转过头来。拉布拉多没接茬。

拉布拉多　你自己看吧。

达莱克疑惑地翻开报纸，看到那条圈出的新闻。看完转向拉布拉多。

拉布拉多　喏，就这个。你认识这上面的人吗？

达莱克　这个，跟我住一条街。罢工时他也在。

达莱克指了指尤安娜提到过的那个人。

拉布拉多　没错。你还是不吃东西？

达莱克　不吃。

拉布拉多　你认为这会改变什么吗？

达莱克　我们不能允许……

拉布拉多突然打断他，毫无征兆地咆哮起来。

拉布拉多　那就别允许！喏，别允许啊！不然你干脆从窗口跳下去算了！

他猛地拉开身边的窗户，动作之快让我们有点不适应。

拉布拉多　你喊啊——我不允许！

达莱克　我办不到，窗子有栅栏……

拉布拉多又平静下来，跟刚才吼叫一样突然，为他客户的机敏反应发出一声轻笑，坐下。

拉布拉多　我看不出你们会怎么收场。为什么要在这个该死的国家……我要去找你的那个朋友。

无休无止

达莱克　做什么？

拉布拉多　让他为你担保，保证你以后会遵纪守法。

达莱克　我不会请求任何事的。他们想让我去找他们，跪着去……

拉布拉多凑近达莱克。声音很轻，但很尖锐。

拉布拉多　你必须从他们那里获得一切可能的帮助。抓住机会吧，那毕竟是你的朋友，你自己也说了，一起参加过罢工。有了担保，你就能够出去。一旦被取保候审，撤消简易诉讼程序就不成问题。简易诉讼程序撤消，就不会判刑，或者缓刑……要知道，你不会赢，但你可以钻空子，可以微笑，可以等待。这不是一个可以获胜的时机，而是一个用来等待、用来喘口气的时机。如果你们还想留在这个游戏当中，就要假装自己不存在……我还从来没有这样请求过被告同意被辩护呢……

达莱克　您为什么会在乎这点呢，律师阁下？

拉布拉多　我郑重告诉你，因为像你们这样的人应该在那里。

他指指身后，那里是生活，是世界。达莱克又盯向报纸。

达莱克　在那里我会越来越孤单。在这里不一样……

拉布拉多 我权当这是你的本意，选择更困难而不是更容易的那条路……今天你会吃午饭吗？

达莱克 不吃。尤安娜怎么样？您见过她……

拉布拉多 你有一位好妻子，孩子。你可以在这里呆着，什么都不会有改变。

30.

安泰克的公寓。内景。

公寓收拾得很干净，焕然一新，井井有条。乌拉躺在被褥摊开的大沙发床上，一颗一颗地解开男士衬衫的纽扣——就是她平常枕着睡觉的那件。安泰克忐忑地看着这一幕。乌拉闭上眼睛，一动不动。过一会儿，她轻柔地抚上自己一侧胸部，半响，换到另一侧。她舔湿手指，接续抚摸，直到乳头变得硬挺。接着她张开腿，开始自慰，从轻拢慢捻到疾风骤雨，持续很长时间。她的呼吸越来越急促，轻声呻吟。安泰克一点点靠近她，直到某个时刻来到她脸的正上方。乌拉双眼微阖，嘴唇半张，可以从她急切的呼吸声中越来越清晰地听到她呻吟着的那个名字。

乌拉 安泰克……安泰克……安泰克，安泰克，安泰克……

她突然安静下来，再一次艰难地重复丈夫的名字，深呼吸，翻过身。她把枕头抱过来，先轻轻靠上去，随后把头深深地埋进枕头和床褥之间。枕头底下的她并没听到雅采克睡梦中的呼唤：爸爸！爸爸！

乌拉被声音吵醒，似乎感觉到什么，从埋着的枕头下抬起头。她听见了。

雅采克 （画外音）妈妈！

乌拉爬起来，迅速扣上衬衣，跑进雅采克的房间，打开灯。雅采克背对我们躺着，似乎还在梦里。她走到他身旁俯下身子。

乌拉 雅采克……

他没有回头。乌拉想把他转过来面对自己，雅采克却用被子蒙住头。

乌拉 怎么了，雅库斯[1]……

她把他连被子一起抱住。

乌拉 怎么了？做噩梦了？

雅采克在被子里摇头。

乌拉 梦见什么了？

被子里点点头。乌拉慢慢拉开被子。雅采克像先前死死不肯转身那样紧紧抱住她。

---

[1] 雅库斯是对雅采克的昵称。

乌拉 发生了什么？告诉妈妈你梦见了什么……

雅采克抱住她的手收得更紧了。

乌拉 不想说吗？

雅采克 想……

他用只有耳朵贴近才能听见的音量轻声说。

乌拉 说说看。

雅采克 你和爸爸……你和爸爸在一起。

乌拉 多好啊……

雅采克 你从来没跟我说过这个……

乌拉 什么？

雅采克 我有天半夜醒来下床。你们那边亮着灯。爸爸趴在你身上，你光着身子，爸爸也是，全身都光着，你们在亲吻，还有……

雅采克沉默。乌拉沉默。两人依偎在一起。

雅采克 刚才我梦到了一样的事。你们俩像那次一样在做那种事。那是在做什么，妈妈？

乌拉 爸爸很爱我们，雅库斯，所以你才会做这样的梦。

雅采克 可你们到底在做什么？

乌拉 你长大会明白的……那是爱情……是爸爸在抱我。你之所以出生，是因为我跟你爸爸相爱。而现在有你爱着我，抱着我，拥抱我……

无休无止

雅采克 那我可以跟你做爸爸做的事吗？跟他一样？

乌拉 不，雅库斯，那样的不行……那只有爸爸和妈妈可以做……

安泰克回到乌拉房间里，坐到被弄乱的床上。

31.

拉布拉多的公寓。实景。

疲惫的老拉布拉多坐在办公桌旁昏暗的灯光下。像睡着了，但并没有，他扶着脑袋的那只手在颤抖。镜头一动不动很久，我们甚至不会想到房间还有人。不过的确有。

小米耶 还有呢，律师先生？

拉布拉多 没了。你告诉他，这是第三种可能。他不愿意用我的方法。安泰克那套只有安泰克能行，可安泰克已经不在了……喏，这里还有第三种可能，参照他的行为，也算是言行一致了……

他停顿一下，眼睛没看小米耶，像在自言自语。

拉布拉多 （接上）我们要告诉他实情。我们应该这样做，职责至此。最终由他自己决定怎么做。

小米耶 那您跟他说了什么，律师阁下？

拉布卡多 真相。告诉他，他是个很好的人，应该隐忍，坚持，积蓄力量，不要将生命浪费在喊口号上。他在主动找苦头吃……站在他的位置看，显然是必要的，他可以成为一个标杆，一座丰碑。必须要有这样的人，其他人才会变得更好，才会去努力。可我，我是个律师。小米耶，我们是干嘛的？

小米耶 辩护者。

拉布拉多 从业45年到现在，我开始问自己一个最根本的问题，我们是在对谁做辩护？在谁的面前辩护？

小米耶 也许您本没必要接这个案子，律师阁下？

拉布拉多 有必要。小米耶，你有没有想过，你名字和我的一样？[1]

小米耶 无时无刻不在这么想，律师阁下。

拉布拉多看着小米耶，不知道是觉得这个回答像在调侃，还是觉得他的助手表现得一反往常。

拉布拉多 小米耶……

小米耶 律师阁下。

拉布拉多 告诉他，他的妻子很安全，还过得下去。孩子回幼儿园了，他们会好好活下去……让他不

---

[1] 两个人都叫mieczyslaw。

无休无止

必担心。

32.

监狱医护室。内景。

医护室不大,格局紧凑。达莱克瘦了几分,但不算过分,两周的饥饿在在他脸上并不明显,粗看甚至不会注意。他有点虚弱,小米耶就在他床边,靠得很近。

小米耶 他们给你们吊针了吗?

达莱克点点头,吊了些。

小米耶 拉布拉多律师已经筋疲力尽。他想用自己一贯的套路为您辩护,但他已经赶不上您了,尤其按照目前事态,他的套路对您不适用。在我看来,全世界都不再适用这套。一个尖锐而清晰的时代将要到来,如果您想保持言行一致,就必须振臂高呼——给公众一个榜样。您说得对,我们不呼喊,人们会遗忘;必须唤醒他们,每天反复呼喊,阻止他们沉睡。让他们感受这个操蛋的世界,让他们但凡想求得平静便不得不受到自己良心的折磨;让他们去付出。

小米耶的眼里有火焰,与之前形象判若两人,一个毫不起眼的小人物一下子高亮起来。达莱克专注地看着他。

达莱克 我了解这个理论,可这跟我案子有什么关系？

小米耶 您听我说。您可以这样说，对，我承认有罪。我组织罢工，因为我认为，这个国家奸佞不公之事盛行，我要跟它们斗争。您就说，您唯一后悔的，是您醒悟得太晚，能做的事太少。您说，工厂里发生的那些小事只是借口，您罢工是为了更大的目的，而且人们支持您，希望您领导罢工，因为他们也不同意这一切，只是没有勇气。但您具备勇气，所以成为了领袖。但凡有人指责，您就说，请向我证明。如果他们问您是否拒绝回答，您就说，不，我不拒绝。这看起来只是一套正常普通的程序，但不一定是一件普通的案子。或许可以邀请一些人来，邀请外国记者，如果不让他们进来那更好。他们会怀疑这桩案子很重要，两方都会怀疑这点……这样意见会被传到整个华沙……您知道在克拉科夫人们怎么说吗？

达莱克不知道。

小米耶 （接上）一团糟……华沙一团糟。我告诉您，您的演讲会是这样：最高法院！我请求您不要关注被告，他不需要来自最高法院的任何照顾。被告是个谦和诚恳的人，这样的人在波兰有千千万，不论法庭或监狱都远远装不下谦和的众人。被告跟他们不一样，他有勇气。这样的案例会像瘟疫一样蔓延。

瘟疫会伤人会死人，而被告展现出来的勇气则会在千百万谦和的众人身上激发出新的勇气。所以被告是危险的，因为他说出人们想要听到的真相。真相会穿透狱墙，让最高法院荣耀且一丝不苟的工作变得毫无用处……无用和无助会滋生怒火，我们的被告已经准备好迎接这怒火……

小米耶在观察自己这番话的效果。达莱克听得很专注，若有所思。

达莱克　您说的是仇恨，对吗？

小米耶　您想的是什么呢？

达莱克　泽罗律师说的，是光明，两方都应该擦亮眼睛……相互帮持找到道路，而光明……他相信，有了光明就能够救赎自己……并且拯救整个环境。可拉布拉多律师又说，这缺乏证据……

小米耶　那是在写诗，拉布拉多则是现实环境下的实用主义。我指给您的是第三种可能。您罢工就是为了摧毁这个体系。请您就这样去说吧。

达莱克　不是为了这个……大概不是吧。

小米耶　那为了什么？

达莱克　我希望他们不要欺骗。

小米耶　那您为什么要绝食？

达莱克　为了他们不再打人。

小米耶　这远远不够，先生。远远不够。让他们欺骗，让他们打得越狠越好。不然所有人还是会乖乖排队，庆幸我们买到了肥皂。

达莱克脸色苍白，没说话。谈话掏空了他的力气。兴许他有点措手不及？

小米耶　需要让您一个人静静吗？
达莱克　拜托。
小米耶　好。开庭的日子快到了，请您记住。

33.

监狱医护室。内景。

深夜。荧光灯的蓝光透过窗口照亮了牢房。达莱克在睡，其他人也是。安泰克站在窗口望着睡着的这些人。达莱克睡得并不安稳，梦呓含糊，头不停转动。

安泰克　我应该给他一个信号，让他知道该怎么做。但不行，我也不想……他可以自己选择，他是自由的。重要的是让他能够选择——即便在这里。不论在医院还是牢房，只要还能选择，人就是自由的。这点没有人能从他身上夺走。至于其他，说实话，我能做的在一天天变少。他自己能够做到，他很清楚，仇恨同样是一种自由的缺失，它会逼迫人……逼迫。而他并不想任何人或状况逼迫他做任何事……他想自己

无休无止

选择。老拉布拉多思考的是我们的职业，也多亏了这样的小人物，让这个职业在这样的艰难时刻变得引人注目。拉布拉多问的"我们在对谁辩护？"——这不是一个悖论，也许更为了那些作裁决的人……我们给予他们用另一种视角看问题的机会与可能。我们为人们在自己面前辩护。我们抓住机会，从我们当事人的力量中汲取力量。而且这也是一个可以看到自身弱点的机会……

达莱克从梦中坐起来，闭着眼睛坐了一会，又缓缓落回到枕头。

安泰克 （继续）……我现在处于一个很好的状态。之前为人辩护时，这种状态是奢侈。生活原本很单一——辩护，需要等价支付才能获得这份奢侈。我一边怀疑，一边寻找，最终在自己身上和自己的生活中找到了。我们揣着怀疑在生活，成天被别人的事情干扰。现在好了。我不必再被迫为人辩护，不必做任何事。我完全超脱独立，自给自足，这就是理想应该有的状态，也是人们追寻的状态。不过我现在也没法做任何事。只有活着才能享受这些……只有活着。

34.

拉布拉多的公寓。实景。

拉布拉多的公寓白天看起来比夜晚更糟糕，室内带着明显的岁月痕迹。拉布拉多开门，门口站着小米耶。小米耶打了声招呼，带着神秘的表情。他把一份文件放到自己的小办公桌上。拉布拉多生气地看着得意的小米耶。

拉布拉多 你说啊，该死的……

小米耶 律师阁下太爱用"该死"这个词了……他们在牢里停止绝食了。

拉布拉多 什么时候？

小米耶 三天前我去过后就……昨天开始的，律师阁下。

小米耶恢复了平常的样子。要问变脸有多快——问他就对了。拉布拉多穿着睡衣，罩着一件毛衣。他快步走去换衣服，又很快回来。

拉布拉多 那份担保书在哪里？

小米耶 我带来了。

小米耶指指自己的小公文包。拉布拉多伸手，等到小米耶不得不把保证书递到他手上，才接过来读了一遍。

拉布拉多 送给别德隆，要递到他手上。告诉他，明天早上我会……今天几号了？

小米耶 三号。

拉布拉多在脑子里盘日子。

拉布拉多 算了,放这儿吧。你亲自去趟法院,找到别德隆,告诉他,我一个小时后去找他。快。

他转身去另一个房间,小米耶却站在门口不动。

小米耶 我不能跟您一起走吗?

拉布拉多 不行。你现在就去。

他想换睡衣,小米耶却还站在那。

拉布拉多 快走,该死的。

小米耶转身走了。

35.

安泰克的公寓。内景。

扶手椅上的托梅克突然站起来,走到同样坐在椅子上的乌尔舒拉面前,单膝跪下,久久吻她的手。乌拉的表情很严肃,托梅克也不像在开玩笑。

乌拉 你这是干什么??

托梅克 我没在开玩笑。你知道我这次到底为什么回来吗?其实我是来告别的。

乌拉 为什么?

托梅克 我要走了。我不知道该怎么跟你说……不知道怎么开口。

乌拉 去哪里?我原指望你能在这里待着……

托梅克　回去，从加拿大中转……

他再次吻她的手，然后起身坐到她身旁的一张矮几上。

乌拉　去了也不会太轻松吧？……

托梅克　是的，是的……可我为什么非要走这条困难的路？又是以谁的名义呢？

乌拉　我不知道。

托梅克　我在这里什么也找不到。我离开时的那个世界没有了，那个记忆中被相片定格的世界。绽放的笑脸，伸出的手臂，单纯明了的一切……没有了……那是安泰克的世界，不是吗？

乌拉　大概是吧……

托梅克　人们相互封闭，割裂，不辨善恶……我要离开。

乌拉　你会回来吗？

托梅克　不知道……以后也许会吧。我不知道。或许你希望我邀请你或者雅采克一道过去？在那里你可以重新开始……

乌拉　不，我不想……我的问题不是这个，我不知道怎样从自己的念头里走出来……我觉得这个世界还在，或者说以后还会回来……我不想。安泰克在这里……

托梅克　你不能再这样下去了。

乌拉 记得吗？我给你看那个问号的那次，你还笑话过我。可我真看到他了。

托梅克 你梦见的吧？

乌拉 不。我看到他了。

她脑子里突然冒出一个想法。

乌拉 （继续）哎，或许我可以去问问他……你这会儿打算去哪？

托梅克不明白乌拉这突如其来的兴奋。

托梅克 去城里。

乌拉 我可以去问问他……我的汽油又用完了，你能带我一段吗？

36.

马鹿区的房子。实景。

乌拉跑进楼梯间，按下电梯按钮。等了一会儿，却没等来。一位女士拎着袋子直接走上楼梯，没上几步便回头转向乌拉：

女士 电梯坏了。

乌拉走楼梯。得爬十楼，她只在五楼休息会儿，便又接着往上跑。到了门口，她平复一下呼吸。按下门铃。

37.

马鹿区的公寓。实景。

下巴长长的女孩微笑着。

女孩 您有预约吗?

乌拉 没有,但我之前来过……

女孩没等她说完就把她引到催眠师的门口。

女孩 请进去吧,刚要开始呢。

乌拉从女孩拉开的门缝里蹑手蹑脚地溜进去。房间里窗帘已经拉上,催眠师发现她在门口,做手势让她坐。她坐下了,催眠师继续。

催眠师 你们的双手变得轻盈,手臂抬起,自由地悬在空中。睡吧。

乌拉吃惊地环顾四周,眼睛慢慢适应室内的昏暗。

催眠师 你们看见蛋糕和面包,新鲜的面包。你们在想,我不想吃东西,我不饿。食物并不会带来快乐。

乌拉这才注意到,扶手椅和凳子上坐的都是女人。有的非常肥胖,有的身材中等,大多年轻。她们都闭着眼睛,催眠师也闭着眼睛,跟上次一样。

催眠师 你们想变成身材窈窕的女人。你们不想吃东西,你们的肌体感受不到饥饿。你们不感到饿,也没有胃口……

乌拉站起来，跟刚才一样蹑手蹑脚地走出房间。下巴长长的女孩正在厨房里头煮汤，没有注意到乌拉离开。

38.

法庭。实景。

法庭里大约坐了七成满。尤安娜带着小西尔维娅，不远处是乌拉，一个老妇人和一个年轻小伙，可能是达莱克的亲戚。还有工厂同事，那个出具担保的新工会成员或许也在里面。钟声后，法官们入场，全体起立。达莱克一个人站在被告席的位置，当值的民兵跟他隔开一点距离。站在达莱克前面的是一身长袍的拉布拉多，面前桌子上摊着各种文件。旁边是同样一身长袍的小米耶。后方靠墙坐着安泰克，他不需要像所有人那样起立。别德隆法官清清嗓子。

别德隆　1982年11月26日，本庭根据《戒严法》第46条第2款的相关规定，对被告达留什·斯塔赫作如下判决：被告达留什·斯塔赫被判犯有所指控的罪行，判处有期徒刑一年零六个月，缓刑两年。据此判决内容，本庭宣布，被告达留什·斯塔赫当庭释放。

话音落下一片寂静，只有年轻检察官合上文件夹时发出的脆响，引来所有人的目光。法官收拾东西离席。

人们陆续从椅子上站起,无声地离开,没有看向被告或尤安娜。如果这么多人可以悄无声息地离开房间,那无疑会接上这一幕——小米耶走近达莱克,悄声对他说些什么,然后朝拉布拉多鞠躬。

小米耶　恭喜您,律师阁下。

拉布拉多　谢谢。

拉布拉多机械地回答。小米耶又捱了一会,收拾一番,一边从口袋里掏香烟一边朝外走去。达莱克垂头坐在那里。拉布拉多不太确信地捡起桌上的文件,停一会儿。尤安娜刮掉庭审过程中还留着的指甲油,她本希望自己现场看起来好一点。乌拉又坐了会儿,等房间里只剩下几个最亲密的家庭成员后才起身离去。只有小西尔维娅兴高采烈,小跑到被告席,摸父亲的膝头。达莱克认真地看着她,她在微笑,而他的笑卡在喉咙里。他的声音很轻,但可以被清楚听到。

达莱克　我们一会就走。

西尔维娅跑到妈妈身边,也去摸她的膝盖。她脚上穿着自己的新帆布鞋。

西尔维娅　我们一会就走。

她像上次在家里那样跳起来,像在跳绳,可以听到橡胶鞋底轻微的触地声。达莱克准确无误地看向安泰克。安泰克也看着达莱克。对视一会后,安泰克收回了视线。

39.

花园中的别墅。外景。实景。

别墅前的花园里停着那辆绿色大众。车后门打开，但没人下车。镜头停滞一会。车厢内，雅采克坐在后排，乌拉坐在前面。

雅采克 妈妈，我给你讲一件抱歉的事……

乌拉 好啊，说吧。

雅采克 你知道我更爱爸爸的妈妈而不是你的妈妈吗？

乌拉 我猜到了。

雅采克 为什么你们很少带我来这儿？

乌拉 如果爸爸还活着……他一定不想让我不开心。

雅采克 那现在呢？

乌拉 我们来都来了……

雅采克 可是为什么呢？

乌拉 因为你愿意。

两人下车。

安泰克的母亲脸上残留着昔日的美丽和善良，风韵犹存。她穿着长裤，头发花白，个子不高，身材娇小。

系在她脖子上的围裙在飘荡。她把雅采克搂进怀里，看着没比孩子高多少；她把手伸到他衣领后面，抚摸他的脖颈。

祖母 数学考得怎么样？

雅采克两手举得高高，一只手伸出两根手指，另一只手掌展开。

祖母 两个五分？

雅采克 两个。

乌拉朝婆婆弯腰，亲吻问候。她们相互喜爱，并非敷衍。三个人站在一起。

雅采克 钢琴能弹吗？

祖母 能弹，我调过音了。

雅采克跑向楼梯。乌拉手里提着书包和塑料袋。安泰克的母亲看向袋子，里面装着睡衣、牙刷和替换的内衣。她放下东西。

祖母 你要喝点什么吗？

乌拉 谢谢，我这就走。

祖母 昨天我去过那里。有人打扫过，还放了鲜花和蜡烛……

乌拉 我打扫的。

雅采克从楼梯那里跑过来，拎起书包和袋子。

乌拉 他懂事多了。小男子汉。也不捣蛋了……

无休无止

祖母　你去哪里？

乌拉　还不知道。我可以把钥匙留给你几天吗？万一有需要……

她拿出公寓的备用钥匙，朝婆婆鞠个躬。

乌拉　他很爱你，妈妈。他在车上跟我说过。

安泰克的母亲点点头，拥抱乌拉。

祖母　去吧，去吧……你还好吗？

乌拉　就那样吧。

祖母　一路平安。

乌拉走进房间，看着雅采克如何把自己的东西一样样地细致放好。

乌拉　雅采克！拜拜……

她从背后走上去，把他的头扳向自己，令他仰着头，看他明澈的眼睛，看他因为不自然的姿势和笑容而崭露的洁白牙齿。

雅采克　拜拜，妈咪。

乌拉慢慢低下头，吻他。

乌拉　拜拜……拜拜。

乌拉出来，沿着长长的小径走向花园的大门。她在大门口停下，又折返回去。别墅门口站着雅采克。乌拉跑回他身边，小碎步有点滑稽，雅采克抬起头。

雅采克　我会照顾好自己的，妈妈。不要担心。

你还没有跟我告别呢。

乌拉 我和你说了,拜拜!

雅采克 "拜拜"是我去上学的时候才说的,或者有事出去一会儿的时候。现在,我们应该说"再见"。

乌拉 再见,雅库斯。

雅采克 再见。别着凉。

她蹲下身。他摸着她的胸针或领夹。

乌拉 再见。

乌拉走向汽车,却没有坐进去,而是从车旁走过。她拐进房子间的小路,走上一条类似从别墅后面经过的小路。她走到铁栅栏边。别墅年久失修,从这一面看要糟糕很多。乌拉看向一楼的窗户。雅采克坐在钢琴前,用一根手指弹着什么,只是隔得远听不到声音。间或也能看到祖母的手,同样用一根手指按动琴键。接着祖母退到一边,雅采克用两只手弹起来。

40.

安泰克的公寓。内景。

夜晚。乌拉坐在安泰克书房的办公桌前,写信。他就站在她身后,想看看她在写什么,但她低垂的头挡住了他的视线,他便弯下腰,看她的脸。乌拉封好信封，在上面写些什么，然后装进另一个信封。她在纸片上写下几句话，再把纸片放进那个没有封口的信封，在信封上同样写下短短的几个字。她又拿来一张纸，思考片刻，用大写字母写下几个字。她把纸放进另一个信封，没有封口，又在信封写了什么。安泰克站起来，走进厨房，坐到椅子上，用手支着头，看着煤气灶的方向。

乌拉从桌前站起，停在门口。她回到桌边，伸手从架子上抽出一部厚厚的书：《民法》。从中取出200美元，那是安泰克先前藏在那里的。她从桌子上拿起一个厚厚的信封，从中取出那个封过口的，打开，把信封撕成碎片，又找出一个新信封。她把抽出来的信连同200美元一起放进去，在信封上写几笔，封口，再放进原来的信封里。她把两个信封都放到桌子上，然后走进浴室。她从抽屉里拿出安眠药，往手里倒出两颗，然后又是一颗，弯腰就着水龙头里的自来水吞下。随后走进房间，脱掉自己的衬衣和哈伦牛仔裤，挂到衣架上；从柜子里拿出裤子和上衣，换上。她走进厨房，从橱柜下拿出垃圾桶。垃圾桶几乎空的，但她还是拿去走廊，把垃圾倒进滑道。她回到家里，关上门，下意识地拴上门栓，又把它推了回去。她把垃圾桶重新放回橱柜下。乌拉擦燃一根火柴，打开煤气阀。煤气没有逸出，火柴熄灭。她一动不动地站一会儿，然后往后推了推煤气灶的后挡板，打开主燃气阀。她点燃火柴，这回燃气点着了。她灭掉火柴，拉开烤箱的挡板，拧松所有管道，然后检查窗户是否关好。铰链窗开了条缝，她用力把它关上。她猛地一用力，好吧，关上了。但她好像割伤了手指，因为她嘶嘶了好几声，把手指放进嘴里。她想到些什么，拿牛奶瓶灌了些水去阳台。瓜已经结出好几个颗，她浇了点水。再一次的，这些瓜似乎长大了几毫米。她再次关上厨房门，花了点时间考虑是否要用毯子堵住门下的缝隙，但得出的结论是不需要，因为她已经把毯子放下，放到炉子旁，把手枕在头下，就这样躺下来。逸出的气体发出嘶嘶声。她盯着烤箱看一会，然后眼皮慢慢耷拉下来，沉沉睡去。

安泰克走进自己的书房，打开书桌上的台灯，拿起那只薄薄的没有封口的信封。上面写着"给雅采克"。打开，读上面的几句话，然后把信塞回去。他拿起另一只更厚的信封，上面写的是"给妈妈"。他从里面拿出封好口的信封，上面写的是"给雅采克，五年后，现在不要看"。他试图打开，但胶水粘得很牢，便放弃了。乌拉从背后走近，手搭在他肩膀上。

乌拉 嗨。

安泰克 嗨。

41.

华沙街头。外景。

黎明时分，两人并排走在普瓦夫斯卡大街上，赛马场附近。他们走在马路的中央。街道空旷静谧。他们朝城里走去，一辆无轨电车静悄悄地驶向皮亚塞奇诺的方向。远处传来汽车驶近的声音，一辆写着"搬家业务/全国范围"的卡车沿着他们行走的同一条路，也沿着路中央开过来。卡车开过并没有对他们造成任何损伤，消失在远处，很快消失在瓦乌布日赫街。他们俩继续走着。也许是附近地貌微微起伏所造成的错觉，但看起来，他们行走的身影越来越高。单调的、安静的、不成曲调的钢琴声响起。是雅采克弹过的那段音符，也许这一次他用上了双手？

维罗妮卡的双重生活(又名:两生花)

黄珊 译

1.

一岁半的小女孩被妈妈抱在手里,靠着窗。我们只能看见她仰着脸,看向镜头。背景是闪烁的圣诞树。

母亲的声音　那就是我们等待的那颗星星。看到它,我们的圣诞晚餐就可以开始了。看到了吗?亮晶晶的,在那里……

小女孩凝视着母亲手指的方向。她双眸乌黑,脸蛋精致。女孩在试图弄懂听到的每一个字。她穿着深色的连衣裙,系着白色的蕾丝领。

母亲的声音　再往上一点……看到了吗?

女孩点点头。

母亲的声音　那是北斗七星。看……这是车轮、马车和车辕。小女孩顺着母亲手指的方向移动视线。

母亲的声音　往下一点能看到一片星雾。那不是雾，是银河，是数百万颗星星组成的银河。来，指给我看……

女孩伸手，指向星河。

淡出。

2.

屋外，一岁半的小女孩几乎正对镜头，一脸认真地盯着什么。她要看清的东西离她非常近。背景是一栋老屋的斑驳墙壁。

　　母亲的声音　这是第一片绿叶。春天到了，树木很快会长出叶子。看。

女孩凝视着母亲展示给她的东西。双眸漆黑，脸蛋精致，与第一场中的女孩几乎一模一样。尽管衣着和发式不同，面容却极为酷似，神情也一样专注。

　　母亲的声音　它有两面，阴面和阳面。阳面有这样的叶脉和毛毛……来，摸摸看……

女孩伸手抚摸叶片，点头。

　　母亲的声音　这些叶脉会分出更细的脉络，再不断地分下去，甚至密到肉眼无法看见。但如果你拿这镜片……

母亲将一面放大镜移到镜头和女孩之间。女孩透过镜片观察叶片，而我们看到的则是她超常放大的眼睛和脸庞。

母亲的声音　看到了吗？喜欢吗？

女孩点头。

淡出，片刻后画面转成蓝屏，音乐同时响起。

3.

疗养院的泉水公园，汩汩的水流下放着各式各样的马克杯、玻璃瓶和水罐。水流从疗养院中央的喷泉经由多个泉眼喷出，溅落在各式容器中，激起丰沛的气泡。接满水的疗养者们现在可以用各式各样的玻璃管吸水喝。我们听见合唱团的歌声——是古曲。年久失修的露天剧场贝壳状的小舞台上，一支女声合唱团在演唱。二三十位姑娘和女人们让疗养院变得生动和美妙起来。疗养者们在聊天、调情或静听，有些甚至走近舞台倾听。合唱团实际上相当专业——唱得非常好。维罗妮卡站在最后一排的姑娘们中间，嗓音甜美纯净，在众人的歌声中格外清越突出。女孩们穿着不同款式的白衬衣，或长或短的深色裙子。疗养者中，有位衣着华丽的老夫人正打量着维罗妮卡，只见她的嘴唇从玻璃管上移开，走上前一步。维罗妮卡从观众中看到一个手臂打着石膏的小伙子，目光交汇的一瞬间，甚至眯眼笑了笑。夏天里的头几滴雨珠引起一丝小骚动。疗养者们回到贝壳状舞台远处的疗养院屋檐下。手上打着石膏的小伙子也急忙跑开，合唱团则在继续。雨越下越大。姑娘们头发全湿了，雨水弄花了她们脸上的妆容。维罗妮卡在雨中却唱得愈发响亮、愈发清脆——似乎这场雨让她更觉畅快。衣着华丽的老夫人从疗养院的屋檐下一直望着她。合唱团在最后一个音符上拖得很长。尤其是维罗妮卡，在所有人都停下来后，她在这个长音上又多停留了几秒。她的气息就是如此绵长。

4.

疗养地的大街上。维罗妮卡的头发透湿，黏在脸上，却毫不在意地往前奔跑。她的跑姿活力轻快，三个朋友在后面气喘吁吁地勉强撑上。雨停了，街上留下一个个大水坑。一辆旧卡车驶来，载着一尊巨大沉重的列宁塑像。列宁在伸手向群众致意。卡车压过水坑，水花四溅，溅到早已湿透的女孩们身上。列宁庄严地离去，身形随着坑洼的路面摇摇晃晃。维罗妮卡跑到一个门前停下，靠在墙上大口喘气，喘息间带着一曲唱罢的畅快。被门灯照亮的路上，有人提着一把大伞跑过，一边跃过路上的一个个水坑。很快他又折返身，发现了站在那里的维罗妮卡，便走过来。安泰克

25岁，穿着牛仔裤和浅色衬衣。他刚才也在猛跑，所以跟维罗妮卡一样气喘吁吁，手里还拿着已经多余的大伞。

安泰克　唱得真美，是吧？

维罗妮卡认真地看他，微偏着头。安泰克温柔地吻她的唇。

维罗妮卡整个人贴到他身上。她浑身湿透，衬衣和裙子紧贴着她的背、乳房和大腿。她抬起一条腿勾住安泰克。他用手绕到她的脖子后面，紧搂她的头，把她拉到自己身上。

安泰克　你得换身衣服了……来吧。

维罗妮卡　走。

5.

维罗妮卡将手甩过头顶。安泰克扑上来，猛抓住她手。维罗妮卡笑着要逃开，安泰克紧抓住不放。

安泰克　抓住你了。让我看看……

维罗妮卡摇头，头发仍是湿的。他们赤身裸体，但这不是解剖学场景，你可以用床单遮挡下他们的身体。安泰克慢慢张开手，将维罗妮卡的手展开，以便看清上面的秘密。

安泰克　你答应过我的。

维罗妮卡放松手掌，难为情地默许了。安泰克察看她的手掌和手指。有根手指是僵硬的，手掌上有块小疤。安泰克弯了弯那根不能自由伸屈的手指。

维罗妮卡　真难为情。

安泰克吻她的手指和疤痕。

安泰克　这是你身上最美的地方。

维罗妮卡甩开手。

安泰克　是怎么弄伤的？

维罗妮卡　被同学父亲关车门时挤断的。高中毕业考后，刚通过钢琴考试……我当场昏了过去。安泰克再次捉住维罗妮卡的手，轻吻着。

透过厚厚的玻璃镜片，一张2.20法郎面值的邮票上，头戴弗吉尼亚便帽的女人头像时近时远。维罗妮卡的头发已经干了，肩上披着运动夹克，正在把玩手里的老式眼镜。她悠然自得，慵懒而满足。安泰克从背后凑近。维罗妮卡靠到他怀里。

维罗妮卡　给你的？

安泰克　同学寄来的。我不想在那里生活，也不想生活在这里……

他们正置身于一个狭小的眼镜作坊。桌子上有仪器，展示柜里摆着各种型号的眼镜。

柜台上放着一叠《选举报》——显然安泰克必须靠卖报维持生活。维罗妮卡拿起刚才用来看邮票的那副眼镜。

维罗妮卡　完工了？

安泰克　支架还得调整下，可这种型号已经配不到了。哦，天啊……

维罗妮卡吃惊地看他。

安泰克　差点忘了，你父亲在找你。

维罗妮卡　出什么事了？

安泰克　你姑姑打电话来……好像是从克拉科夫。她感觉不太好，希望你能去看看她。

维罗妮卡立刻起身，拎起电话。没有信号。

安泰克　电话坏了，昨天就坏了。受潮。

维罗妮卡　爸爸怎么说？她怎么了？

安泰克　大概是心脏有问题。

维罗妮卡跑向门口。

安泰克　（叫）维罗妮卡！穿件衣服。

6.

小城的街道上。维罗妮卡跑得飞快。水坑都干了。她这会儿的奔跑跟之前不同，激烈，维罗妮卡显然想尽快知道发生了什么情况，背景中可以看到环绕小城的山峦。她中途踉跄了一下，又迅速敏捷地稳住重心。

7.

刮风。窗外的蓝色在颤抖。灯光照亮了墙上挂着的一幅硬纸板画，彩色铅笔绘制的素描，笔触稚嫩，但足够引人注目：这是一幅街景，细腻绘出幢幢房屋和街道尽头高耸的教堂。画的底部标有模糊的大写字母。维罗妮卡呻吟着从梦中醒来，坐起，身形挡住了床头挂着的这幅画。她摸自己的左胸，表情微微扭曲。过一会儿她才意识到，有古典音乐从隔壁房间传来。她下床，穿着睡衣走到窗边，打开窗户。一旁离她很近的墙上有窗户透着光。父亲坐在一张大桌子前，戴着他半新不旧的眼镜，正伏首于一张跟维罗妮卡床头的挂画差不多尺寸的硬纸板上。桌上摆着杯子和铅笔。父亲在画画。

维罗妮卡 爸爸……你在听什么呀？

父亲 就平常那些。

维罗妮卡 我醒了……就告诉安泰克我必须得去吧。他有点担心。

父亲 那你呢？

维罗妮卡 姑姑病了我当然担心。我很高兴她打电话来。

父亲　你想去?

维罗妮卡　我想去。

父亲　(认真地看她)是你让她打的这个电话?

维罗妮卡　(微笑)没有……我有一种奇怪的感觉……我觉得,我不是一个人。

父亲从画上抬起头。两人离得很近,因为桌子紧靠窗户,两个窗户又靠得很近。

父亲　什么一个人?

维罗妮卡　我并不是一个人在这个世界上。

父亲　你不是……我在呢,还有安泰克,姑姑……

维罗妮卡　不,不是这个意思。我不知道。

父亲　音乐太响吵到你了?

维罗妮卡摇摇头,并没有。她回到床上。一会儿传来门打开又关上的声音,父亲过来摸摸维罗妮卡的额头。维罗妮卡把脸凑近他。

维罗妮卡　爸爸,我到底想要什么?

父亲　我不知道,一定很多吧。

8.

街上没人。天很好。黎明刚过,阳光仍不失暧昧。

城区全景，下方是飞速划过的房屋，上方背景是高耸的教堂。蒸汽火车开动的声音传出，教堂和景物也随之移动。维罗妮卡的头贴在车窗玻璃上，凝视着飞驰的景色。她手里捏着一个硬硬的橡皮球，在指间机械地来回滚动。她将目光从窗外景色移开，神情舒展开来，自顾自微笑了一下。音乐响起。这是一支经典的管弦乐曲，在本片中会反复听到。火车在加速。

同一支乐曲在继续。维罗妮卡从车窗探出大半个身子。风吹乱她的头发。她张开嘴，疾风吹出了她的眼泪。她陶醉着。突然一片漆黑。火车驶入隧道。音乐在继续。

9.

音乐继续。法国的一处小墓园。我们看到一片绿叶在逆光下现出清晰的脉络。成排的墓地，沿台阶往上延伸。维罗妮可（Véronique）在一块墓地前的花瓶里插上鲜花，我们稍后发现，这块墓地很旧，上面能看到法语铭文。维罗妮可低头望着鲜花，良久才露出一个浅浅的微笑，对效果很满意。音乐停。维罗妮可起身离开。

10.

克拉科夫火车站,维罗妮卡跑上站台,站台上没几个人。她跑出十几步,从后面追上一位年长的女人,把手臂搭到她的脖子上。女人吓一跳,转过头。是姑姑。她正背对着站台点烟,因为有风。她紧紧搂住维罗妮卡好一会儿才把她从怀里拉起,为了能好好看看她。

姑姑　你来了。

维罗妮卡　姑姑你不能抽烟,你有……

姑姑打断她,满不在乎地挥挥手。

姑姑　我给你房间准备好了,跟以前的一模一样。

11.

克拉科夫的大户型公寓。家具虽然老旧,但保养良好,没几处损坏。一扇挺括的大门隔开了宽敞的客厅和维罗妮卡的房间。女孩还在床上,姑姑坐在旁边,两人手里都端着咖啡,咯咯笑个不停。

姑姑　你跟他上床了?

维罗妮卡　对,我们上过了。

姑姑　跟我说说。

维罗妮卡　最后一次……在下雨,很大的雨,两个人站在门口,我浑身都湿透了,在门上就想……
门铃声。

维罗妮卡　是谁?

姑姑　律师。

维罗妮卡　律师?做什么?

姑姑　代理人,我要处理掉一些事情……

维罗妮卡　什么事?姑姑……

姑姑　法律方面的。需要事先准备好,万一……你昨天很吃惊我还活着吧。我们家里人都这样,好好的突然就死了。我的母亲是这样,你的也是。遗嘱。

门铃又响。姑姑起身走到门口。

维罗妮卡　姑姑!

通过半掩的门,我们看到律师跟着姑姑一道回到屋里。他个子不高,带来的巨大文件夹几乎碰到地板。他好奇地偏头瞅瞅维罗妮卡的房间。维罗妮卡突然意识到律师为什么这么好奇,急忙用被子挡住自己。姑姑出现在门口。

姑姑　维罗妮卡,快起来。律师先生来了。

关上门。

12.

排练室不大,合唱团阵仗却不小,好几十人,挤得紧巴巴的。钢琴旁坐着玛尔塔。维罗妮卡坐在边上，或者窗台上，听合唱团演唱。这个合唱团比她先前的规模要大，也更专业。维罗妮卡打量着团员们，以及指挥，那位穿着华丽的老夫人，敏锐又严厉。某一刻，老夫人停下她激情澎湃的手势，看着自己的学生们，指向第三排的某人。

老夫人 您在唱什么？

被指到的方向出现一丝不安。

老夫人 先生，耳朵竖起来的那位！

竖耳朵 我？D。

老夫人 您唱的是D？请好好找一下D的音吧！

竖耳朵在鸦雀无声中尝试找到那个正确的音，但不是很成功。

老夫人 对，大致这意思吧。很接近De了。请您保持住。我们再来一遍。

这遍听起来好多了，因为老夫人在用手势鼓励演员们放开。维罗妮卡一边回忆他们的旋律，一边自言自语般轻声跟唱起来。她看到老夫人的眼神转过来，被这眼神消了声。一曲唱罢，老夫人表示感谢，团员们散开。维罗妮卡冲玛尔塔微笑，老夫人则朝玛尔塔走过去，跟她简单交流几句，间或瞥一眼维罗妮卡，然后两人一起朝女孩走来。

老夫人　小姐，您唱得很好。

维罗妮卡　是的，我知道。谢谢。

她很清楚，老夫人刚才不可能听到她唱。

维罗妮卡　您听到了？

老夫人　在克雷尼察。我在克雷尼察听过您唱，唱得很美。

维罗妮卡　谢谢。

老夫人　我想再听一次。您的嗓音……您有一副特别的嗓音。

13.

维罗妮卡走过一条破败的长廊，胳膊底下夹着装有乐谱的文件夹。她的样子很难描述，但步伐肯定比往日更轻快更有力。从现在起她将一直这样走路——直到她的故事结束。她从口袋里摸出一只硬橡皮球，就是先前火车上那个。看得出来，某件需要去做的事情给了她巨大压力，橡皮球被她朝地上反复抛下、弹回、又接住。她突然把球往地上狠狠一砸——似乎正如其所愿，球在天花板和地板之间来回弹了好几下。维罗妮卡微笑着抬起头，一张平静的脸。天花板上的白灰落到她身上。

14.

维罗妮卡踏着她的新步点,穿过克拉科夫老城广场,脸上还沾着白灰。背景中可以看到一群外国游客在大巴旁合影。两个穿牛仔服的小伙子从维罗妮卡身旁跑过。其中一个撞到她,乐谱散落一地。维罗妮卡气恼地蹲下捡那些大张的乐谱,行人则从这些乐谱上急急踩过。广场远处的角落里人群在聚集,像是要游行。警笛声传来,有人在叫喊:"苏联人滚回去。"维罗妮卡理好乐谱,继续往前走。巴士旁响起快门声,笑声阵阵,间或嚷出一两句法语。维罗妮卡快步走过这群刚在纺织会所前合影的法国人。没走几步又突然停下,皱起眉头,似乎有什么重要发现。她回头看巴士,从乘客中发现一个与自己长相酷似的姑娘。她不安地朝巴士的方向走上过去。那姑娘和其他人已经上车,车门关闭。一辆警车从维罗妮卡和巴士间驶过,后面跟着一群年轻小伙。巴士驶离,车窗上映出一张张面孔。维罗妮卡又一次找到那女孩的脸,和其他人一样,她在拍游行。维罗妮卡跑向巴士,但此时司机已踩下油门,驶离广场。维罗妮卡愣了一会儿,不敢相信自己的眼睛。

稍晚,黄昏降临。维罗妮卡坐在石柱上。远处是数百名嘶吼的群众:"共产主义者回西伯利亚去""俄国佬滚蛋"。好像有人扔了一个燃烧瓶，因为警车着火了。维罗妮卡坐在逐渐沉郁的暮色中，若有所思。

15.

穿着华丽的老夫人一脸狡黠地坐在钢琴前。维罗妮卡坐她身边。透过公寓的窗户，新冶金厂庞大的工业设施满目皆是。火花、烟囱、尘雾。老夫人按下一个音，等着维罗妮卡反应。音符对维罗妮卡来说太简单，反而是她在等它。老夫人和维罗妮卡一个弹一个唱，又试了几段难度高的声乐练习。老夫人很快发现，维罗妮卡游刃有余，轻轻松松就能唱出这些音，还玩得很嗨。隔壁房间维罗妮卡看不到的地方，站着一位老人，在仔细聆听。我们后面会知道，他是一位指挥家。老夫人在这边停下，接收到指挥家鼓励的手势后，开始弹出更难、更长的练习，在八度音阶上跳跃。维罗妮卡迅速找到这组练习背后的乐理，开始从弹出的音之外，循着规律即兴创作起来。她用不同的调性在唱，用声音尽情嬉戏。老夫人突然停下，维罗妮卡则施施然地继续往下唱，不断发现新的可能。我们第一次听到她在没有乐团和乐器伴奏下的完整声音。我们此时开始理解，玛尔塔所谓维罗妮卡的声音能穿透皮肤是什么意思。她的声音非常独特。她在歌唱时如鱼得水。她唱出的这个乐段甚至初具一首音乐小品的雏形。指挥家一边听，一边露出满意的神色。当目光与老夫人交汇时，他握紧拳头表示赞赏。老夫人点头会意。

16.

黄昏。维罗妮卡沿着路旁的墙根走得很快。旁边公园里的树叶已泛深红，落下不少，踩上去沙沙作响。天气很冷了。维罗妮卡穿着大衣，臂弯里紧紧夹着乐谱。突然，她停下脚步，靠到墙上，脸色煞白。人几乎滑落在地，拼尽全力才挣扎着靠上长椅，僵硬地坐到椅子上。她伸手抚住左胸，表情扭曲地解开外套。疼痛只是一瞬间，但足以让她恐惧和后怕，慢慢才呼吸正常起来。一个身穿毛领灰色大衣的老绅士沿着公园小径朝这边走来，他身材瘦削，体态优雅。维罗妮卡看向他，生怕对方会注意到方才发生在自己身上的事。男人走近。就在距离维罗妮卡还有十来步的地方，他突然出人意料地掀起自己大衣的下摆，展示自己勃发的性欲。维罗妮卡甚至没来得及害怕或尖叫，那人已经放下衣摆，看也不看她就朝林荫道深处走去。维罗妮卡目视着他，尽管已经不疼，却仍下意识地用手护住左胸。男人走出十几步后拐进一条小路，在树木间时隐时现一阵后消失了。维罗妮卡一边整理围巾和大衣，一边朝那个方向盯了很久，却只看到漆黑的树丛。她从钱包里拿出一支无色唇膏，涂在干裂的嘴唇上，嘴唇变得滋润起来。

17.

音乐厅走廊里等着十几个女孩，气氛期待又紧张。她们有些彼此认识，三三两两聚着聊天。另一些则在走廊上独自溜达。维罗妮卡在窗口，看到楼下的隔壁院子里，有个背着一大包邮件的邮差，将一封信交给一个推婴儿车的年轻少妇，然后走进了楼梯间。少妇打开信封，一手推婴儿车，一手展开信纸。听到一阵歌声，维罗妮卡转过身去，有个女孩在对其他人哼唱某段音乐间奏，应该是在谈论最近练习的唱段。另一个似乎觉得应该用另一种方式演绎，在纠正她。大门开了，所有人安静下来。门里站着个年轻人，从女孩们中张望，像在找人，最后目光落到维罗妮卡身上。

年轻人　请，小姐。

维罗妮卡在女孩们的目送下跟了过去。穿过一段不长的走道，她来到一个打着灯光的舞台，上面有一架掀开琴盖的钢琴。舞台前几排观众席被一张桌子取代，桌子后面坐着穿着华丽的老夫人、指挥家、戴礼帽的女士和另外三四个人。维罗妮卡站到舞台上。

  指挥家 小姐,您还好吗?

  维罗妮卡 很好。

  指挥家 请坐吧。

  维罗妮卡 谢谢,我站着就好……

  指挥家 坐吧。

维罗妮卡坐到台口的椅子上。她注意到,戴礼帽的女士目光不太友善。

  指挥家 您没有音乐会经验,只有音乐学校的高中文凭……

维罗妮卡闭上眼。指挥家停了一下,似乎在纸上找什么。

  指挥家 ……并且还是钢琴班的。我们意见并不一致,但小姐,您赢得了这场比赛。

维罗妮卡惊讶地睁开眼。还没来得及兴奋,指挥家已经从座位上起身走向她,朝她伸出手来。戴礼帽的女士撇开了目光。

  指挥家 祝贺您。

维罗妮卡想站起来,可指挥家比她更快,亲吻她的面颊。

18.

姑姑的公寓。黎明时分,维罗妮卡被沙沙的响动声吵醒。她跟往常一样,睡觉总是戴着手表,表盘朝向手腕内侧。她吃惊地发现时间还太早。她从床上探出身子,从门缝里看到了那位个子不高的律师。男人踮着脚尖,拿起桌上的大文件夹,蹑手蹑脚往外走——姑姑则穿着睡衣,光着脚,跟在他后面。两人消失在走道里。随着前门关上的声音,姑姑一个人回来了,坐到扶手椅上,伸个懒腰。维罗妮卡忍俊不禁,细声呼唤,音拖得老长。

维罗妮卡　姑——姑……

姑姑从椅子上斜过身子,好从半开的门里瞅见维罗妮卡。她模仿维罗妮卡的语调。

姑姑　呼——呼……

维罗妮卡　姑姑看着真美。

她看起来的确不同往常,眼角都带着笑意,头发慵懒地披散着。

维罗妮卡　真的,很美……

姑姑做个手势,意思是:我能拿他怎么办呢?

姑姑　他夜里过来告诉我说都办好了,并为了拖这么久表示歉意。你那边怎样呢?

这期间她俩一直保持着这个不舒服的姿势——只能从

门缝看到对方。维罗妮卡脸上写着满意,姑姑的表情也差不离。

维罗妮卡 太好了……好得我甚至有点害怕。

又一个深夜。维罗妮卡趴在床上,翘起两腿,耳朵里插着随身听。我们能听到她在听什么。维罗妮卡面前摊着用外语写的乐谱,两腿晃着打节拍。她在默唱,跟着磁带里交响乐团的节奏。陌生的外语单词对她来说很困难。她倒带,凭记忆重复刚才的片段,闭上眼睛不看谱子。她没注意到,穿着大衣的姑姑此时正抱着一棵巨大的圣诞树走进房间。姑姑穿过维罗妮卡的房间,打开阳台门,突然侵入的冷空气才让女孩意识到房间里多了一个人。姑姑将圣诞树放上阳台。维罗妮卡摘下耳机。姑姑关上阳台门,安抚地朝她点点头。

姑姑 很难吧。

维罗妮卡 (露出一丝微笑)有一点儿。

19.

维罗妮卡坐在电车的最后一排窗边。车上没什么人。她耳朵里插着随身听,对着乐谱,一边用手抚平谱子。忙碌中的她仍注意到了并排而行的摩托车。她摘下耳机,勾了勾手指。电车到站,摩托车就停在刚下车的维罗妮卡身前。我们又见到了安泰克。一个蜻蜓点水式的见面吻；维罗妮卡吻得比这种吻通常保持的时间要长，头凑在安泰克脸旁。

安泰克　我很好奇，你什么时候发现我的……

维罗妮卡　你跟了很久？

安泰克　很久。

维罗妮卡　姑姑告诉我你来过电话。我也问过父亲，他说你还活着……

安泰克　我还好。我打了你十七个电话。

维罗妮卡　十七个。

冬天了。街上有残雪，甚至可以有大片潮湿的雪花飘落。骑摩托过来的安泰克有点冻僵了。两人陷入片刻尴尬的沉默。

安泰克　现在我来了。

沉默。维罗妮卡明显不快，笑得很勉强。

安泰克　我给你带来了圣诞礼物。圣诞节快到了。

他从摩托车的后备箱里摸出一个小包裹。

维罗妮卡　我没给你打过电话……

安泰克　你没有。我过来就是想告诉你，我爱你。我住在假日旅馆287房。你如果有什么话想对我说，就打给我。

安泰克的表白简洁明了。说完踩下油门，松开离合器，头也不回地开走。维罗妮卡只盯了他的背影一秒钟就做出决定。她奔向开走的摩托车。安泰克在一两百米开外被红灯拦下，维罗妮卡在他正要发动时追上他。女孩奋力跳上后座。

维罗妮卡　（喘）送我回家。

安泰克立刻发动摩托车。维罗妮卡缓口气，不由自主地贴到安泰克的背上。摩托车一个急转弯，维罗妮卡身体贴得更紧，享受这样的骑行。他们停在姑姑家，维罗妮卡下车，对安泰克说。

维罗妮卡　我会打给你的。

她往家走去。安泰克目送她的背影消失在门里，离开。

20.

姑姑的公寓。只穿内衣的维罗妮卡在自己房间里颠来跑去，从衣柜里翻出各种裙子和衬衣摊在沙发上，又取出衣柜里的衣架挂到窗户把手上。她突然停下，透过窗子看见一个老妇人，提着个沉重的袋子，艰难地穿过院子。她至少有七十岁，似乎早已习惯日常采买的辛苦。袋子从一只手换到另一只手，走出一段就停下喘口气。维罗妮卡一把推开窗。突然意识到自己赤身裸体，便用挂在窗子上的衬衣遮住，探出身子。

维罗妮卡　夫人！

老妇人看向她。

维罗妮卡　我来帮您……

老妇人一言不发，提着袋子继续蹒跚。维罗妮卡关上窗，手还搭在窗户把手上，莫名地嗅嗅自己的臂弯。姑姑的声音从另一个房间传来。

姑姑　衣服换好了吗？

维罗妮卡　对……好了。

她突然着急起来，撤下衣架上挂着的白色衬衣套到身上；又跑到盥洗室，用镜子打量下自己，发现一处瑕疵。她把脸颊凑到镜子上，发现眼睑有轻微发红，便从手指上摘下一枚细金指环，用它小心地按摩发红的部位。也许正是那枚戒指让她想起了些什么，她从盥洗室走到玄关，拿起电话听筒。她一边揉按眼睑，一边从电话簿上找出号码，拨出。

接线员　您好，假日旅馆。

维罗妮卡　请接287房间。

传来咔哒声，然后是转接音；三下滴滴音后，听筒里又响起咔嚓声，电话随后被转回到接线员。

接线员　对不起，我们的内线电话坏了。我可以给您留话。

维罗妮卡　嗯……如果下雨，我晚上十点会在音乐厅大门口等。

接线员　下雨？已经冬天了。

维罗妮卡　就这么写吧。署名是：维罗妮卡。

21.

音乐厅。正襟危坐的听众，辉煌宽敞的大厅。台上乐队和合唱团的布局不太常规——为了增强复调效果，乐器与歌者被混在一起。身着燕尾服的指挥家环顾下四周。维罗妮卡和另两个同伴站在合唱团的第一排。指挥抬手，场内肃静下来。演奏开始。起初只听到一种乐器，随后其他乐器从舞台的四方加入，再然后合唱团也加入进来。非常动听，观众和舞台之间产生明显的张力。

我们的镜头开始对准维罗妮卡，或者从她的视角出发，涵盖她和她所看到的。指挥家给左侧的女孩一个指示，她走前一步，微微挡在维罗妮卡和指挥家之间，开嗓咏唱，音色低沉。不久，颤音琴和了上来，她的演唱继续了十几秒。这期间维罗妮卡在为自己的起音做准备。当同伴结束她的部分，大胡子长笛手来到舞台中央，同时指挥家向维罗妮卡发出信号。几个节拍过去，维罗妮卡向前一步。等长笛的声部吹出主旋律，她的咏唱就开始了。合唱声部安静下来，维罗妮卡清澈的嗓音脱颖出来，与长笛的高音你争我赶，极为动人。她的声音听起来奇异、高亢又带着几分嘶哑，令场上和场下动容。

维罗妮卡在歌声中忘我起来，外界似乎不复存在。

22.

维罗妮可背对着我们，走进浴室。我们听到克拉科夫爱乐乐团的音乐会在继续。维罗妮可被裹在浴巾里，犹豫一下，解开浴巾丢到地上。她的手抓上门把，犹豫着是否从浴室出来——她已经赤身裸体。最终她打开门，走进大房间，在那里——我们可以猜到——有人在等她。

23.

维罗妮卡的演唱极尽饱满。指挥家显然满意极了，用轻巧的手势帮助她。眼泪从维罗妮卡的眼角溢出，在歌声中颤抖，然后掉落。这不是哭泣，它来自强大的张力。指挥家也注意到了她的状态。就在这时，维罗妮卡的声音突然停在旋律中间的某个音上。指挥不安地皱眉，不由自主地迈出一步。一切都发生在电光火石之间，一直聚焦在指挥身上的镜头往下猛坠——划过观众的瞬间可以看到从观众席的第一排冲上来一个男子。镜头继续往下降——直到与舞台的地板近在咫尺，可以看到地板上的碎片或弯曲的钉子。合唱团的歌声始乱终停，长笛和其他乐器也随之中断，只有小提琴的声音多持续了几秒，随后也安静下来。脚步声。镜头里出现一双男士皮鞋，看上去皮鞋的主人正猛地弯下腰。

24.

陌生、黑暗的城市。奇怪的光线下可以依稀分辨出空荡的街道、屋顶和建筑。远处隐约看见一位身穿灰色毛领大衣的老绅士，与背景几乎融为一体。镜头开始摇动，扫过窗棂和墙壁——原来我们在一个房间里，越来越清晰地听到喘息声。黑暗中的身体轮廓若隐若现，尽管离得很近。一只女人的手搭到台灯的开关，啪嗒，灯亮。我们此刻得以看到维罗妮可高潮后的脸。发型可能不同，表情也不太一样，但维罗妮可的确和维罗妮卡长得一模一样。男生的年纪跟她差不多，后仰着头，慢慢平复下来。塞尔日在微笑。

塞尔日　我们最后一次见面……

维罗妮可　是高中毕业考。

维罗妮可看看手腕内侧的手表。塞尔日打个哈欠。

塞尔日　没到点呢……

维罗妮可　到了。

维罗妮可的表情突然凝重起来。塞尔日过了一会儿才发现。

塞尔日　怎么了？怎么突然伤感起来……

维罗妮可　我没有……你说得没错，不知道怎么就难过起来。

塞尔日　为了谁？

维罗妮可　我不知道。

塞尔日　我给你讲个好玩的故事吧。

维罗妮可　不用。

塞尔日看了她一会儿，确认维罗妮可真的不想听他说笑话，便从床上起来，（在画外）穿衣服。很快又回来了。

塞尔日　好点吗？

维罗妮可点头。

塞尔日　我可以留下……

维罗妮可　不用……毕业考到现在有多久了？

塞尔日　六七年吧。

维罗妮可　我们会在七年后再见面，也许还是在车上……

塞尔日微笑着吻她，她也冲他露出微笑，目送他离去。听见关门声,她转过目光盯向我们,表情凝重,可我们对她为什么难过仍浑然不知。维罗妮可突然起身走出画面。浴室里,维罗妮可背对着我们冲头发。水流声持续了一会儿,突然,她倒了下去。镜头迟疑片刻才跟上,只见她坐在浴缸边上,手捧住头。

25.

一堵新砌的土墙,墙上有铲痕的反光,明媚的蓝天慢慢移入深色的矩形框里。原来我们在一个深坑里仰望天空。这里使用的拍摄方式类似音乐会舞台上使用过的主观视角。远处依稀传来一些声音,模糊不清。慢慢地,一位手持圣水掸酒器的神父出现在天空背景下,我们只能看到他的部分身影。随后,维罗妮卡的父亲弯腰朝镜头洒下一把泥土。在他之后,姑姑、安泰克、老夫人……一个个面孔,一双双手,重复着同一个动作,所有人都神情肃穆。然后是一锹又一锹洒下的泥土,渐渐盖住镜头。画面转黑,泥土落下的声音渐弱。

26.

维罗妮可若有所思地走在法国小城的街道上。她穿着一件冬季短大衣,穿过老城的小巷。可以飘点小雪,街道上零星搞点节日的装饰——圣诞节要到了。

一个路人不小心撞到维罗妮可，文件夹从她胳膊下掉下，乐谱散落在人行道上。维罗妮可弯腰去捡，一张张重新装好。有几页被弄脏了。

27.

宽敞但有些杂乱的公寓。六十五岁的教授，一身衬衣加背带裤。房间中央摆着钢琴和谱架。教授的目光越过维罗妮可的肩头去看谱子。谱架上放着一页被弄脏的乐谱。维罗妮可盯着谱子，无助又可怜。

教授 请继续。

看上去，课已经上了一会儿。维罗妮可在等教授起个头，唱出最初几个音。维罗妮可跟着他重复，然后唱下去。这是一首古典乐的片段，如果让你联想起之前在本片里听到的音乐，那也仅仅是风格和结构上相似。维罗妮可立刻用我们熟悉的嗓声唱起来。干净，富有奇特的质感。维罗妮可唱到中途突然停下。教授用手敲击琴身。

教授 维罗妮可！

他用手指连续敲琴键。

教授 这是C！一直是C。您都唱过一千遍了。

他又敲几下琴键，帮她找音。维罗妮可跟唱，但至少低了半度。

教授 高一点！

他再次敲琴键。维罗妮可将音调高。她始终盯着乐谱，得出的结论是：它被弄脏了。她摸摸谱纸，想擦掉污渍，但不成功。她停下手，转身背对教授，教授还在用力敲白键，并没发现维罗妮可眼里已蓄起泪水。女孩用手擦下眼睛，惊讶于摸到的潮湿。她再也不能抑制自己的泪水。

28.

维罗妮可坐在公园长椅上，想弄明白自己之前为什么会突然嚎啕大哭。乐谱摊开着，可她完全没心思。她耸耸肩，站起身，拿起乐谱夹离开。

29.

维罗妮可倒出纸盒里的牛奶。坐到朋友凯瑟琳家的窗台上，听凯瑟琳和克劳迪娅聊天。凯瑟琳跟维罗妮可年龄相仿，或稍大一点；性格开朗，春风拂面。她住的是一幢小别墅。

凯瑟琳 他对我说："我不在乎你跟谁睡，不在乎孩子叫谁'爸爸'。但离婚必须得有赚头。你没钱，所以我们等你妈死了再说。到那时你就自由了。

至于现在嘛……"

克劳迪娅　混蛋。

凯瑟琳　看到吧。他碰我的那一刻……我都要吐了。

凯瑟琳的身体因为这段记忆而发抖,手里满满的一杯牛奶都晃洒了。三人都笑了。

维罗妮可　你说他的时候,应该放下杯子,至少先喝上一口。

凯瑟琳甩甩手,跪坐到克劳迪娅边上,继续说。

凯瑟琳　我跟律师谈过。律师去咨询过五六个女人……他上过几十个屁股,我只认识其中几个。她们都毫不意外地拒绝了。

克劳迪娅摊手。

克劳迪娅　我也不行,凯瑟琳。我琢磨了很久,但做不到。

凯瑟琳起身走到房间远端。

凯瑟琳　知道了。

克劳迪娅　抱歉。

凯瑟琳　知道了。

她很勉强地点头。沉默。坐在窗台上的维罗妮卡突然开口。

维罗妮可　我可以。

两人转头看她。克劳迪娅的笑容中透着难以置信。凯瑟琳走向维罗妮可。

凯瑟琳 你?

维罗妮可 为什么不可以呢?

凯瑟琳 你会上法庭?然后跟法官说"我去年跟这位男士睡了十三次,今年也是"?

维罗妮可 我会说的。

凯瑟琳喜出望外,冲维罗妮可露出大大的笑靥。

凯瑟琳 我都没想过来问你……维罗妮可!

凯瑟琳亲吻她的两颊,把她拉到沙发上,坐在克劳迪娅对面。

维罗妮可 我得了解下他。还不认识他呢。

凯瑟琳 你见过他一次。

维罗妮可 可女人总该知道些什么。比如说……

凯瑟琳 他左腋下有道疤,是当初骑沙地摩托车的时候……他最爱这个。

凯瑟琳咯咯笑起来,小心地把牛奶杯放到一旁。

维罗妮可 什么?

凯瑟琳 他在床上真的很有趣。他喜欢……

维罗妮可也笑开了。

克劳迪娅 什么?

凯瑟琳看着她们两个,笑个不停。

维罗妮可　喂，他到底喜欢什么啊！

凯瑟琳　胳肢窝、屁股……这些都会让他兴奋。有天夜里我突然惊醒，感觉屁股湿了。一看，让-皮埃尔正举着一瓶油给我润滑。他还特地戴上眼镜，为了看清楚些。

三个人都笑出了眼泪。不知道为什么，凯瑟琳的杯子又斜了，牛奶慢慢滴到地毯上。

30.

维罗妮可抱着一架小型排钟，高度不超过半米。她每走一步，金属管就碰撞作响。维罗妮可必须伸直双臂才能抱住它，让金属管相互间稍稍错开——毕竟排钟的基座很宽。学校门口插着法国国旗，对面停着自行车和汽车，院子里传来孩子们的喧闹。这是晴朗的冬日，地面上还有一点积雪。维罗妮可放下自己的排钟，稍事休息。排钟丁当作响，好一会儿才消停。

31.

教室门开了。维罗妮可抱着乐器进来，吃一惊，立刻放下排钟。教室里通常窗户敞亮，这会儿却都拉上了百叶窗。吃惊的维罗妮可慢慢适应黑暗；排钟则在响个不停。她看到一个男人（那是亚历山大），不知从箱子里拿些什么。听见动静,男人停下手头的活儿。他脖子上挂着眼镜绳,立刻戴上眼镜看来人是谁。他站在一方小小的舞台旁边。

维罗妮可　不好意思……我要在这上课。

亚历山大　我不知道。

维罗妮可　不好意思。

男人回到箱子旁。正当维罗妮可将哐当作响的金属管往外搬时,不知是因为这声音还是别的什么,他开始仔细打量她。他再一次戴上眼镜,望着维罗妮可,直到她把门带上。维罗妮可惊魂未定,在走廊上站了一会儿,侧耳听教室里动静。突然有人抱住了她的腰。这是一位英俊的男教师,不比维罗妮可大多少。他把她搂到身前。维罗妮可有几秒钟任由他搂着。男教师耸耸鼻子,闻一闻气息。

男教师　闻起来很美,看起来很美,敲出的声音也很美。

维罗妮可　谢谢。

男教师　昨晚过得好吗?

维罗妮可稍稍腾开点身子。她太熟悉他所谓的幽默感,并不觉得好笑。

男教师　如果你还需要把这些管子拎回家的话,我很乐意帮忙。今天放学早。

维罗妮可　为什么？

男教师　你没注意到吗？木偶！

维罗妮可　什么？

男教师　木偶。

男教师冲着维罗妮可刚进去过的教室做出一个肯定的手势。他活动起手指，像在操纵看不见的木偶。维罗妮可耸耸肩离开，教师却依然用愉悦的目光盯着她的双腿。

32.

百叶窗拉上的教室里挤满了全校的孩子们。小小的舞台上正在上演木偶戏。

这是一个女舞者的故事——戏剧性很强，结局也不错。木偶们借助鲜明的形象，特别是那栩栩如生的动态，让学生和老师深受感染。维罗妮可坐在学校管弦乐团的孩子们中间，不远处是凯瑟琳和她带的班。当小妮可在剧情高潮处瑟瑟发抖地向维罗妮可靠上去时，凯瑟琳露出会意的微笑。维罗妮可抱住小女孩，也朝她回以微笑；可她也已经像所有人一样投入到剧情中。维罗妮可抱住妮可时不经意地一眼扫到——黑色百叶窗封掉的玻璃窗上亚历山大的影子。她凝视着影子，它跟舞台上演的一样吸引她。亚历山大的手指上下翻飞操纵着一个个人物,不可思议的灵巧。他用不同的声音说台词,掌控着舞台上的一切。他是女舞者,是女舞者的追求者,是女舞者的朋友,是一切的总和……维罗妮可为他行云流水般的动作而着迷,目不转睛。直到亚历山大停下动作,落幕时的欢呼声响起,维罗妮可才从痴痴的凝视中惊醒。亚历山大看着她,或者说,看着她在玻璃上的影子,似乎感受到她灼热的目光。维罗妮可跟其他人一样,朝一动不动的木偶们鼓掌,只是略有延迟。

33.

非典型的学校课堂。桌子被推到一个角落,整个教室被乐谱架占据。九、十岁左右的孩子们坐在乐谱架前,端着跟他们体型相称的迷你乐器。维罗妮可刚搬过来的排钟被放在后面。她在黑板上写下十几小节的谱子,上面是作曲家的名字——范·登·布登梅尔[1]。她从摊开的文件夹上抄下这些音符。她转向学生们,学生们正在像真正的乐团那样,给自己的乐

---

[1] 范·登·布登梅尔(Van den Budenmayer)是一位虚构的18世纪荷兰作曲家,由波兰电影配乐作曲家兹比格涅夫·普瑞斯纳和导演克日什托夫·基耶斯洛夫斯基共同创造,出现在基耶斯洛夫斯基的《十诫》《维罗妮卡的双重生活》《三色》等影片中。在基耶斯洛夫斯基的影像世界里,他常常出现,被角色提及,演唱他的歌曲,购买他的唱片或演奏他的作品。

器调音。

维罗妮可　我们来试试吧，我很喜欢他。尽管生活在两百年前的荷兰，但现在被证明是一位很有意思的作曲家。从头开始。

孩子们认真地将小提琴搁到肩膀上，低头。维罗妮可温柔地给出一个手势，孩子们开始演奏。他们很卖力。维罗妮可一边走动一边给他们鼓励。走到窗口时，她注意到一辆五彩的迷你巴士和亚历山大。他在收拾行李，音乐声让他仰头看过来。两人对视一阵，维罗妮可转身回到课上。她走向小妮可，后者察觉到她的靠近，放下琴弓，抬起头。

34.

维罗妮可和凯瑟琳一起走出学校。校门前车水马龙——大孩子各自骑着摩托车或自行车离去，小一点的在等父母开车来接，喇叭声此起彼伏，孩子们在拖拖拉拉地跟同学告别。

维罗妮可朝小妮可摆手时，注意到亚历山大正站在他五彩的迷你巴士旁。

她和凯瑟琳来到一个安静处。

凯瑟琳　你已经作为证人上报了。律师向法院正式申报的。你不会打退堂鼓吧？

维罗妮可　不会……不过我其实有点糊涂。

凯瑟琳　我在想……其实是律师提醒我的……如果让-皮埃尔知道了会怎么做？对你……他会想出什么招数来对付你？

维罗妮可从凯瑟琳的最后几个词中琢磨出令人不安的意味。

维罗妮可　（尖叫）妮可！

她冲上去，在最后一刻拉住妮可妈妈正要关上的车门。差几厘米，车门就会轧上那细小的手指。妮可正探头跟同学说话，手搭在车门会砸到的位置。孩子的母亲顿时脸色煞白。

维罗妮可　小心一点。

妮可缩回手。

妮可的妈妈　谢谢您，女士……

维罗妮可　没什么。

亚历山大身边簇拥着一群孩子，他在整理行李，却不知何时起就一直瞄着维罗妮可。

维罗妮可回到凯瑟琳身边。

凯瑟琳　你反应真快。怎么注意到的？

维罗妮可　我转身是因为感觉有人在看我。你知道吗……有一次父亲关门，我手指也刚好在门框上。不知为什么我在最后一秒钟撤回了手，父亲却尖叫着晕了过去，以为轧到我手了。从那时起我就知道……（微笑）让-皮埃尔会怎么做？他能对我做什么……我不怕他……

凯瑟琳 我不知道。

维罗妮可 我不会退缩的。

凯瑟琳吻她的脸颊。越过她的肩头，维罗妮可再次看见亚历山大，正看着她。维罗妮可离去。亚历山大看着人们远去，对也朝这边看的男孩问了句什么。维罗妮可走上林荫道，能感觉到身后的视线。从亚历山大的视角看出去，她在茂密的树丛中时隐时现。当维罗妮可自以为走得够远，已经躲开别人的视线，她停下了。而亚历山大则以为她会出现在下一棵树后面。他盯着那个方向，等了一会儿，但维罗妮可再没有出现。

35.

维罗妮可手里握着一卷纸，走在医院走廊里。她穿过大厅，走出医院大楼。

36.

医院门前的停车场。维罗妮可打开一个纸卷，看检查结果。风让纸卷拖出来很长。我们不知道结果如何，但从维罗妮可的反应中可以猜出不是什么好消息。

37.

维罗妮可走在老城的小巷里,纸卷夹在腋下。她走过一家修理木偶的店铺,橱窗里陈列着各种木偶。她停下脚步,返回身,看着这些木偶。她每天从这里经过,今天才驻足细看。店里很黑,维罗妮可看不到正与老板交谈的亚历山大,他却发现了橱窗前的维罗妮可。他望着女孩离开。那么一愣神的工夫,他忽略了老板,也忽略了柜台上散落的那些精致又古旧的木偶零件。

38.

维罗妮可的公寓。冬日黄昏,夕阳洒下金线。维罗妮可手里拿着一个深色药瓶,上面贴有手写的标签。她倾斜药瓶,将液体滴到小臂上,等了片刻,闻一闻,再将胳膊伸远又收近。她闭上眼睛,在脑海中回味刚才那瞬间的感触。伸手拿起话筒,拨号。

画外音 您好?

维罗妮可 还是我。我想起来了,我过去闻到过早上走进你们房间时的那种气味。

画外音 什么时候?

维罗妮可　三四岁，妈妈还在的时候……我突然想起来的。

画外音　你在做什么？

维罗妮可　没什么。就坐在桌前。

画外音　你不舒服吗？

维罗妮可　不，我还好。再见。

她挂上电话，坐着一动不动。起来盖上药瓶，又坐下不动。

深夜。维罗妮可被电话惊醒，迷迷糊糊打开床头灯，瞥一眼手表（戴在手腕内侧），懊恼地拿起电话。

维罗妮可　您好……

没有回应，但维罗妮可听到有声音：远处经过的汽车声，似乎还有某人的呼吸声。

维罗妮可　是谁？请说话……

某个声音传来，像在打开钢琴琴盖，音乐从那头电话旁的磁带录音机传进这头的听筒里。她认出了这旋律，是她今天尝试与孩子们一起演奏的那首。范·登·布登梅尔。她喃喃自语。

维罗妮可　我挂了。

男人的声音　别。

维罗妮可等着他说下去，但什么也没等到，只有流淌的音乐。维罗妮可许久才又一次开口。

维罗妮可　那就请您挂断吧。请挂掉吧。我在睡觉。

传来听筒被挂上的声音,对面静音。维罗妮可也挂上自己这头的听筒,眼睛没闭上。过了一会儿,她从床头柜上摸到一根烟,放到嘴边,点燃。

39.

维罗妮可站在学校走廊的尽头,手指夹着香烟,靠在窗边。走廊空空荡荡。尖锐的下课铃响起,所有的教室门同时打开,走廊里突然到处是孩子和欢闹。走廊尽头的门里,凯瑟琳和孩子们一道走出来。维罗妮可灭掉烟。凯瑟琳看见她,走了过来。

凯瑟琳　你今天有排练?

维罗妮可　不,我没有。我在等你。

凯瑟琳　等我?

维罗妮可　是的。你知道吗……有人半夜三点给我打电话。你昨天说……

凯瑟琳　谁?

维罗妮可　我不知道。我以为是让-皮埃尔。

凯瑟琳　他说话了吗?说了什么?

维罗妮可　没有……其实算不上说了吧。

维罗妮卡的双重生活

凯瑟琳 他三天前就去参加一个什么数学会议了。他不可能现在就知道……不会的……你害怕吗？

维罗妮可 我还好，只是想弄明白。为什么半夜打给我……

一群孩子把两位老师挤到一起——她俩比孩子们高出不少。他们笑着冲维罗妮可和凯瑟琳招手。一位男教师也走了过来，我们也认识——他前一天刚拥抱过维罗妮可。

凯瑟琳 那会是谁呢？可能只是打错了……

维罗妮可 不。

凯瑟琳 不少人有嫌疑，比方说这一个。

凯瑟琳点头示意那个消失在教师办公室里的英俊男教师。

维罗妮可摇头，表示怀疑。

凯瑟琳 你在克拉科夫对他很好。

维罗妮可 是啊……（微笑起来）因为他，我从波兰回来就只记得旅馆的天花板，布拉格城堡和那次广场游行时将乐谱掉了一地的女孩。但电话不是他打的。

凯瑟琳 我还知道几个……

凯瑟琳打起哈欠，笑起来。铃声响起——课间休息结束。维罗妮可皱眉，像是刚理解她在说什么。

40.

维罗妮可开着自己的迷你莫里斯[1]行驶到高速公路入口处的红绿灯前停下——这条路也可以回城,维罗妮可正是停在这条车道上。她拿出香烟和打火机,把烟塞到嘴里——烟拿反了。打火机的火焰刚凑近滤嘴,突然听见一阵喇叭声。她起初没意识到喇叭声是冲她来的,但喇叭不停在按,甚至越拖越长。维罗妮可转头看看四周。旁边停着木偶剧院的彩色面包车。是亚历山大在按喇叭,伸手冲她比划,提示她烟拿反了。维罗妮可好不容易才反应过来他什么意思。她把香烟掉过头,点燃。红灯转绿,后面响起不耐烦的喇叭声——就两根车道,后面的车没法越过维罗妮可和亚历山大。维罗妮可缓慢起步,面包车也是。车道叉开,两辆车被后面的车催促着分开。维罗妮可向左,去城里;面包车直行,去巴黎的高速公路。维罗妮可回头张望面包车,开出十几米就已经远得只能望见尾灯了。

41.

教授的公寓,维罗妮可站在乐谱前,唱了几十秒,

---

[1]英国汽车公司及后继厂家生产的一款双门紧凑型城市汽车,是后来由宝马公司生产的Mini Cooper的前身。

正是她之前在高音C上遇到麻烦的那首。现在一路坦途，唱得轻松又欢乐。教授双手插在口袋里，边踱步边点头，看起来很满意。维罗妮可唱完，教授沉吟一会，琢磨着该如何评价她唱的。

教授　不错……但维罗妮可，你还没有充分发挥出来。

维罗妮可　（看着他，轻声）我知道了。

42.

维罗妮可家的楼道。维罗妮可从信箱里取出几封信，抽出几张广告单，直接扔进了信箱边上的垃圾桶里。她走向电梯，一边查看信件。有封信让她困惑地停下了。她诧异地摸信封，对着光翻来覆去地照。信封背面没写寄件人名址。她撕开信封，从里面掏出一根棕色的鞋带。她手拿鞋带，原地愣了一阵，毫无头绪。她再次查看信封，寻找卡片或者信纸，什么也没找到。信封被她揉成一团。她拉开电梯旁一扇窄门，门里黑洞洞的，有几个垃圾桶。维罗妮可皱着鼻子扔掉皱巴巴的信封和鞋带，关上门。

43.

维罗妮可午饭后小憩，以一种不太舒服的姿势躺在沙发上。我们的镜头用第二人称视角,凝望她的睡姿,仿佛房间里有第二个人似的。镜头随后拉近,近距离打量维罗妮可。她的脸上闪过一个光斑,把她晃醒了。维罗妮可起初并不清楚是什么搅扰了她的小睡,随后发现墙壁和天花板间有个矩形光斑在晃。维罗妮可饶有兴致地追随光斑,琢磨起这个阳光的反射源。她看看手表的玻璃表盘,不是。光斑跳到书架上,然后落到地板。又趋近地毯,停在一根伸出的流苏上。维罗妮可盯着它,起身走向窗口。街对面隔开两栋房子远的一处阳台上有个十来岁的小男孩。男孩一只手吊着石膏,另一只健康的手则拿着一面小镜子。被抓个正着,他冲维罗妮可一笑,藏起镜子,跑回房间,关上了阳台门。维罗妮可从窗口回过身,看到地毯流苏上颤动的光束还在。她再次查看——对面的男孩没在阳台上。维罗妮可走到地毯前蹲下用手摸那串流苏,那块矩形的光斑现在握在她手上。我们再次用开头那种不同寻常的视角凝望她一会儿。维罗妮可一动不动地思索片刻,然后仿佛察觉到房间里有人似的看向镜头,甚至朝镜头走近了几步。

44.

维罗妮可再次打开电梯旁的窄门。她打开灯,灯泡发出微光。她几个小时前刚把那根鞋带扔进垃圾桶,现在不得不弯下腰,满脸嫌恶地从里面翻找。她翻出鞋带,上面粘着一些黏糊糊的液体、垃圾和污渍,一股恶臭。维罗妮可嫌弃地甩了甩脏兮兮的鞋带,但作用不大。她用指尖捏住鞋带,关上垃圾房的门。

45.

维罗妮可在洗手池里清洗鞋带。打肥皂,用热水反复冲洗,挤干,打开电吹风,用手提着吹干。鞋带在暖风中阵阵飘扬。

黄昏。维罗妮可坐在桌旁。她把手里的鞋带放到一个纸卷上,那是她不久前从医院取回的报告。现在我们才知道,这是一份心电图,心率曲线很复杂。维罗妮可手里捏着鞋带玩起来,顺着那条心率线贴上去。她在想,这封没有任何卡片、内容或解释的信件意味着什么。她仔细研究信封上的笔迹,一无所获。她用两根手指捏起鞋带,放到摊开的手掌上。鞋带自然蜷曲起来。维罗妮可合上手掌。她站起身,鞋带捏在手心里,披上外套走上走廊。

46.

室内装饰颇有点小资情调的大房间,凯瑟琳拎着一只咖啡壶进来，用脚带上门。她惊讶地发现，维罗妮可甚至没脱外套就坐到了扶手椅上。

凯瑟琳 把外套脱了吧……

她一边摆放杯具，一边收拾桌上的杂物。

维罗妮可 我刚才冻坏了……坐一会儿就走。

凯瑟琳倒上咖啡，递给维罗妮可，维罗妮可捧着热咖啡暖手。

维罗妮可 我们昨天说起……你说，你没注意到那个男人。

凯瑟琳 那个木偶师。你注意到他了？

维罗妮可 是的，我注意到他了。你还记得他姓什么吗？

凯瑟琳 他车上印着名字……不太记得了。A开头的……安托万，亚历山大……记不清了，去秘书室就能查到。

维罗妮可 也对……那么那个故事呢？你还记得那个故事吗？

凯瑟琳 我当时都快睡着了。舞者什么的……

维罗妮可 女舞者摔断了腿，没法再跳舞……于是变成了蝴蝶……

凯瑟琳 对对对……听着，我知道这个故事。一直觉得在哪听过！我给娜塔莉读过。他从哪里抄来的！你等等……

凯瑟琳走出房间，悄悄打开女儿卧室的门。5岁的娜塔莉还在睡。

凯瑟琳到书架上翻找，蹑手蹑脚生怕吵醒她，但没有找到。她又扫一眼房间，床上恰好躺着一本，小女孩的手搭在上面。凯瑟莉轻轻抽出书。小孩咕哝一声，翻过身去……凯瑟琳看着封面笑了，然后回到房间。维罗妮可这期间没有改变过姿势。

凯瑟琳　原来他没抄，是他的。亚历山大·维里昂。

她把书递给维罗妮可。维罗妮可翻了几页，又去翻封底。封底有张小小的肖像照，是亚历山大。书被翻得很旧，四角卷起，照片也皱巴巴的，上面还有彩色铅笔涂抹的痕迹。维罗妮可看着备受折磨的亚历山大肖像。

凯瑟琳　很抱歉把你牵扯进来。

维罗妮可从照片上抬起头，一时没反应过来凯瑟琳在说什么。

维罗妮可　牵扯什么？

凯瑟琳　牵扯进我的事里。让-皮埃尔回来了……

她注意到，维罗妮可在想的完全是另一件事。

47.

深夜。维罗妮可的小车跨过马路中间的白实线,横停在马路中间。路上已经空无一人。维罗妮可下车,走近书店的橱窗。天很冷,玻璃上有霜,只能透过风扇叶轮看到里面。维罗妮可透过叶轮朝橱窗里窥视。她找到儿童书区域,亚历山大·维里昂的几本赫然在列。它们套着白色书皮,上面写着"荣获1990年儿童文学……奖",在众多图书中很醒目。为了看得更清楚,维罗妮可把脸贴到了玻璃上。

48.

维罗妮可坐在桌前。只穿着一件吊带衫,没有化妆。她用手支着脑袋,正在读新买来的几本书中的一本——就是她昨晚在橱窗里看到的那些。赤着的脚在桌子底下拨玩地毯的长毛。她往回翻一页,回看刚才读过的内容。她从书本上挪开视线,看向玄关,门外有动静。赤着的脚在地毯上停止动作。维罗妮可起身走向门口。透过猫眼往外看,没看到人。

维罗妮可盘腿坐到沙发上,前倾着身子,接着读下一本书。她的姿势在完全不自觉的情况下有某种挑逗意味。

她手上还在玩那根鞋带,手指将棕色的鞋带绕起又松开。她对读到的片段露出一个微笑,又在桌上寻找什么,却发现要找的东西正戴在手指上。她从手上褪下一只小小的金戒指,把它穿进鞋带,穿成了一个钟摆。维罗妮可把它提在手里。戒指开始甩圈,做圆周运动:很好。

维罗妮可趴在那,翘着两条腿。床没铺,上面摊着又一本书,也是最大的一本。她的两只手托着脑袋,所以翻书时会吹一口气,书页便听话地慢慢落到读过的部分。听见摩托车的声音,维罗妮可跑到窗户往下看。楼前停了一辆摩托车,后座上有个筐。维罗妮可在玄关穿上长大衣和靴子,走出家门。

49.

维罗妮可奔下楼梯,没有注意到有个男人坐在电梯旁。听见维罗妮可的脚步声,男人稍稍避开身子。他穿着双排扣大衣,戴着眼镜。维罗妮可跑去找邮差,邮差刚将摩托车在楼前停好,朝公寓里走进来。他们在楼道里碰上了。

维罗妮可　您有我的邮件吗?

邮递员打量她一眼,翻包里。他取出一个大包裹,递给她。

维罗妮可伸手前先问了句。

维罗妮可　您知道这是什么吗？

邮差　不，我怎么知道。

维罗妮可　应该是雪茄盒。"弗吉尼亚"。

邮差　您要雪茄盒做什么？

维罗妮可撕下包装纸递给邮差。包裹里确实是一只"弗吉尼亚"雪茄盒。

维罗妮可　我也不知道。

邮差查看手中的包装纸。

邮差　没有发件人。巴黎的邮戳，没别的了。

维罗妮可拿着盒子走进电梯。邮差将其余邮件投入信箱。

维罗妮可按下电梯按钮，却看见一个男人坐在楼梯台阶上，注视着她。

她后退半步。男人大约35岁，戴眼镜，一脸疲惫，长得有点像伍迪·艾伦；熏黄的手指上夹一支烟，身边的楼梯上已经躺了好几个烟头。有那么一会儿，男人一言不发，只是看着维罗妮可。维罗妮可同样没开口，把她的"弗吉尼亚"雪茄盒藏到身后。

男人　您为什么要这么做？您想要什么？

维罗妮可看着他，僵在那里。

男人　说点什么吧。请您至少说点什么。

维罗妮可缓慢被动地摇头。

男人 天啊……这一切怎么会这么复杂诡异。

他双手举过头顶，不高，手指颤抖。他低下头，香烟留在嘴里。

维罗妮可 您怎么了？

男人 我投降。没别的。

50.

维罗妮可打火，快速发动车子。汽车驶出车库，开上公路。从维罗妮可的脸上可以看出，刚发生的事情对她有深刻影响。迷你莫里斯穿过几条街后来到城区边缘。不知为何，维罗妮可突然一个急刹车。路中央停下片刻后，车子像往前开一样快速倒车几十米，开上人行道停下。停车的地方有个电话亭。维罗妮可下车走进电话亭。她翻遍身上所有的口袋，这得花点时间，但没有找到硬币。她回到车旁，拉开右侧车门。存放高速路桥费的专用盒里有些硬币，维罗妮可伸手起抓硬币。副驾驶座位上可以看到那个"弗吉尼亚"雪茄盒。维罗妮可拿上钱，回到电话亭，拨号。电话里响起凯瑟琳的声音。

凯瑟琳 喂？

维罗妮可 凯瑟琳……是我。

凯瑟琳 你好，维罗妮可。

维罗妮可　对不起……我做不到。我不会跟你出庭了。

凯瑟琳　你遇到让-皮埃尔了……

维罗妮可　是的。

凯瑟琳　他哭了？

维罗妮可　他哭了。

凯瑟琳　我就知道会这样。对不起……你还好吗？

维罗妮可　嗯？

凯瑟琳　对不起。

维罗妮可　我也是。

她放下听筒，回到车上。看到前座上的"弗吉尼亚"，她笑了，开车离去。

51.

狭窄的郊区公路上延伸着一段白墙，墙上有个门洞。维罗妮可的迷你莫里斯穿过门洞，驶入一个小院子。汽车停下。维罗妮可按喇叭，两短一长，等着。一会儿，屋子门口走出一条老狗。老狗看看汽车和维罗妮可，勉强叫一声，有气无力的而且非常短促一声，似乎年龄已不允许它做更多；然后回屋去了。维罗妮可再次用同样方式按喇叭，可等了半天，门里仍没有人出来。她担心起来，下车，走进房子。

52.

这栋房子大致由旧农舍改建而成，房间一间连一间。宽敞、舒适，家居布置高雅又有点漫不经心，似乎它们是由一个经济状况时好时坏的主人收集的，并且很难与先前的旧物分割。其中一个房间里，有很多形状各异的植物——足足几百盆。维罗妮可走过这个房间，走进另一个。

  维罗妮可 爸爸……

她走进第三间，也是最大的一间，看着像是起居室，尽管角落里放着一堆破椅子。

  维罗妮可 爸爸！

这排房间里的第四间应该是书房。一张书桌和布满四壁的书架，书架上堆满书。维罗妮可表现出明显的不安，提高音量叫道。

  维罗妮可 爸——爸爸！

从房子里众多小走道中的一条传来父亲清醒的回应。

  父亲 我在洗澡！

维罗妮可定下神，回到起居室，走向角落里的那堆椅子。椅子都很旧，有些扶手都断了，一把把叠在一起，但可以看出有两把正在翻新，四周夹着木工夹。

维罗妮可正想触摸其中一把时,听见父亲的叫唤。

父亲　千万别动那些椅子!

尽管父亲这么说,维罗妮可还是推了推那把椅子,很结实。父亲裹着浴巾走进房间,用另一条毛巾擦着头发。这是一位55岁的矮个子男人,毛巾包裹下看不清脸。他走向维罗妮可,亲吻她的脸颊。他从放满各种化学仪器的架子上找出早已准备好的深色药瓶,以及维罗妮可手写的便签。维罗妮可拔掉瓶塞,用手指堵住瓶口倒出一点。父亲还在不停擦头发。

父亲　看看这个。

维罗妮可闻闻手指,又搓几下。

维罗妮可　挺好的……但那个会更好闻。

父亲　这是深秋的味道,那个是早些时候的,有大海的味道,你描述得很好……我不知道你居然还记得我们房间的味道。

维罗妮可　我记得。

父亲　我不知道人们是否还需要这样的气味。走着瞧吧。我去穿个衣服。别动那些椅子,在这等我。

他走出房间。维罗妮可手里拿着小瓶子,走进被书填满的书房。她塞上瓶盖。书桌上一堆文件、处方和听诊器中间,她发现一封中等规格的信封。她看到信封上有自己的名字。听见父亲的脚步声,她转过身来,他已经换上灯芯绒裤子和宽大的毛衣,手里拿着一台半专业级的博世牌铣床。

父亲 我自己买了一台铣床。看。

父亲将沉重的机器递给女儿。

父亲 每分钟27.5千转……

他注意到维罗妮可对铣床不感兴趣,便没再说下去。

维罗妮可把机器递还他。

沉默。

维罗妮可 爸爸……

父亲看出维罗妮可有重要的话要说。他放下铣床,给维罗妮可指了指扶手椅,自己则坐在书桌沿上。维罗妮可没有坐下,而是走向他。

维罗妮可 我爱上了一个人。

父亲一言不发。

维罗妮可 我真的爱上他了。

父亲 我认识吗?

维罗妮可 不。我也不认识。

父亲 我不明白。你能跟我说说吗?

维罗妮可 我能弄明白就好了。我最近突然有一种感觉……我觉得我变成了另一个人。我不知道为什么,突然间的……尽管身边一切照常。

父亲 有人离你而去了。

维罗妮可　是的,一定有人离开了。妈妈去世时……您有这种感觉吗?

父亲　那时候出了些状况。你又那么小,我必须把你抱在手上。

维罗妮可　是的,你抱着我。

父亲　那你做了什么傻事没有?

维罗妮可　我做了。我去见了一个高中同学……没什么可说的。我觉得都是些愚蠢的谎言。也许我应该暂停一下声乐课……

父亲　这不能算。你的心脏……我看了最近的心电图。我不喜欢。

维罗妮可　是的,我很害怕,实际并不知道怕什么。这次的原因完全不一样。我遇到了一个人……

父亲　一个人遇见另一个人,这事情并不少见,但结局不一定美满。

维罗妮可笑了。

维罗妮可　朱丽叶[1]。

父亲　伊索尔德[2]。

两人都笑了。父亲从书桌上够到一只鼓囊囊的信封,递给维罗妮可。

---

[1] 莎士比亚《罗密欧与朱丽叶》中的朱丽叶。
[2] 瓦格纳《特里斯坦与伊索尔德》中的伊索尔德。

父亲 今天送来的，写着你的名字。没有寄件人，字倒写得不错。

维罗妮可认出信封上的笔迹，拆开，从里面翻出一盒磁带，没别的。她把信封放到书桌上的故纸堆里，拿着那盒磁带翻来覆去看。

父亲 想听听吗？

他打开旧卡带机的卡槽。维罗妮可犹豫了下。

维罗妮可 不了……

父亲关上卡槽。

父亲 你留下来吗？我来做午饭。

维罗妮可打断他，站起身。

维罗妮可 我得走了。学校里还有排练。

她亲吻父亲的脸颊。他用手摸摸她的脸。维罗妮可正要离开，突然又想起什么。

维罗妮可 大概是我做梦吧。是我收养这条狗的时候。我梦见一张小小的画。画面很简单，笔触有些幼稚，画的是一座小城的街道。房屋延伸到远方，背景处有一座教堂。

父亲 夏加尔[1]？

维罗妮可 不，不是夏加尔。高耸的尖顶教堂，

---

[1] 马克·夏加尔（1887—1985），俄罗斯超现实派画家。

红砖砌成的，是画中最重要的部分。你知道这个梦是什么意思吗？

父亲　我不清楚。

53.

维罗妮可的迷你莫里斯在路上行驶。车子驶近我们在本片开头看到过的小墓园时，车速慢下来。维罗妮可看向窗外，犹豫了下，从墓园驶过。她凑近汽车收音机的扬声器，试图听出些什么。也许是引擎轰鸣声、风声，或者收音机本身的问题，她什么也没听见。维罗妮可按下按钮，盒带从带仓里弹出。她将磁带放进口袋。朝城区开去。

54.

孩子们端着各自的迷你乐器，面前的架子上摊着乐谱，一个个全神贯注。

维罗妮可打出一个手势。

维罗妮可　一、二、三……

乐队开始演奏。这一次显然表现更好。维罗妮可像往常一样在孩子们中间走动。她有点心不在焉，尽管一丝不苟地在履行职责，脑子里却似乎想着别的。这也就难怪她延迟一会儿才发现小提琴的错音。她分辨出错误所在并打断了演奏。

维罗妮可　妮可……你拉错了。

演奏中断。妮可望着维罗妮可。

妮可　嗯，我知道了。

维罗妮可　我们再来一次吧，请……

孩子们继续。维罗妮可走向窗口。她看到街对面走过一位老态龙钟的妇人。

老妇人拄着拐杖，身子几乎弯成了直角，走几步就要歇一下再挪步。维罗妮可从裤子口袋里抽出磁带看了看，显然她一直随身带着。再次听到小提琴的错音后，她转身回到课堂，打断演奏，这一回更严厉。

维罗妮可　妮可！

妮可低下头。

维罗妮可　好吧，现在除了妮可，我们再来一遍。

她刚抬起手，有人敲门上的小窗。窗口出现凯瑟琳的脸。

维罗妮可冲她笑笑，给乐队打个手势。音乐响起，小妮可低着头，维罗妮可走向门口时摸了摸她的头发。她打开门，朝凯瑟琳走上一步。这会儿才发现，凯瑟琳的眼睛下方有一块巨大的淤伤，眉毛也被割断了。两个女人相互打量。

维罗妮可　凯瑟琳。

凯瑟琳淡淡一笑，语气中不带丝毫愤怒，只是陈述。

凯瑟琳　看到了吗？我也遇见了让-皮埃尔。

门后的音乐已经过了关键段落，这次孩子们没有失误。凯瑟琳侧耳听着。

凯瑟琳　拉得真好……我又看了一遍你那个木偶师的书。写得真好，真的。

55.

维罗妮可回到自己的公寓。大衣扔到扶手椅上，鞋子被不停脚地蹬掉——甩到屋子里的不同角落。她走到自己的HIFI音响前，放进磁带，打开音响，挑个舒服的姿势坐下。很长时间里只听到各种噪音，维罗妮可艰难地从中辨别有什么特别的声响。她调低音量，操纵滑块调整均衡器，尽可能消除磁带里的杂音。她插上耳机，倒带重放，抓起耳机贴紧耳朵。过了一会儿，她听出一些声音，不排除是安静室内的白噪音。她摘下耳机，对比磁带里的静音与房间里的静音，显然磁带里更响也更丰富。她听出城市的喧哗和细密的雨声，有大颗的雨点落在窗台的锡箔上。维罗妮可很确定地听到关窗户的声音，城市噪音和雨声明显减弱。维罗妮可保持专注，同时将卡带录音机从音响基座取下将磁带插入录音机。她躺到地板上，手里紧抓耳机。现在可以分辨出遥远的令人不安的口哨声，伴随着靠近的脚步声，像有人拿着录音机朝口哨方向走去。然后是按下开关的声音，口哨声则缓慢而庄严地停下。此时传来水流注入玻璃杯的声音，茶匙敲在杯壁上的声音，随后是咕噜咕噜的喝水声，持续了一会。一声脆响，茶匙被扔进水槽，有人在大口吞咽液体。

让我们暂且离开维罗妮可一会儿，因为离她两三米的地方，电话铃在响，沉浸在磁带里的她——丝毫没有听见。电话响几次后沉默了。我们回到维罗妮可的画面和她正在听的录音。先前沉寂的脚步声再次响起，录音人好像穿上了硬底鞋。脚步声的空隙间，我们可以听见悄咪咪的猫叫，又叫一声，然后猫咪发出悠长的呻吟，显然得到了抚摸。待到这些琐碎的声音远去，又传来衣料的窸窣声，钥匙的碰撞声。有人开门又关上，钥匙转动，楼道里清澈的回音，奔跑下楼的脚步声又穿过一扇门，然后是微弱的脚步声和车门的打开声。车子被发动，我们听见汽车驶出车库，汇入车流。远处的喇叭声，刹车的吱嘎声，救护车的警笛声——所有这些都以汽车发动机声为背景。汽车收音机被打开，放送音乐，又是范·登·布登梅尔的作品。音乐持续了一段时间。

维罗妮可从地板上站起，戴着耳机连同录音机，走进厨房。耳机里的声音随之停止。一会儿她带回来一杯番茄汁，坐下来一边喝一边接着听。这期间汽车应该已经开出一段距离，范·登·布登梅尔的音乐也演了一阵。现在汽车停了，传来发动机熄火和录音机被关上的声音。用力的关门声后，街道的喧闹声瞬间炸响，很难从中辨别出那个熟悉的脚步声。轻跑上几步台阶后，街道的喧嚣消失，脚步声又清晰起来，几次中途停下，像是录音人停下脚步试图听清偶遇的对话。其间夹杂着一些只言片语。女人的声音："我不明白，又好像明白……"几步后是一个年轻男人的声音："350，可这里你看，有一个位置……"又走出几步，传来一段让人费解的话："休想，他妈的，一刻都不行……"维罗妮可此时微笑起来，像是听懂了。接着又是脚步声，混在其他更密集的声音当中。门被打开又关上，发出刺耳的咯吱声，随后是大段的宁静。柔软的地板让脚步声也安静了许多。椅子滑动的声音。录音机里的声音不太清晰。维罗妮可倒带，进一步减弱杂音，仍无法分辨扬声器里传出的一个个单词。静一会儿后，离麦克风很近的地方传来一个女人的声音"不好意思先生！"，以及收拾杯盘的响动。安静，接着又是之前麦克风传出的不甚清晰的声音，被不远处骤然响起的爆炸声打断。女人在尖叫，人们在四处奔跑呼嚷。离麦克风几步远的地方传来不知谁发出的一声尖叫。"汽车！那里！"有人靠近麦克风："她在车上！"不久，远处响起警车、消防车和救护车的警笛声。然后安静，接着又是录音机无法识别的声音。录音机发出咔哒一声，磁带走到尽头。维罗妮可取出磁带，查看它的塑料外壳。这时镜头再一次——就像鞋带那一幕那样——给人一种感觉，仿佛房间里有第二个人看着她。镜头用这种我们已经熟悉但又不同寻常的视角观察她。维罗妮可起身在房间里来回走动，试图理清自己的感受。某个时刻，她转向镜头，慢慢靠近，停住，直直地看向镜头。这一眼给予她行动的冲动。她从架子上拿起放大镜，搜寻磁带盒上的出厂信息。尽管没有找到任何标识，但她意识到放大镜是她需要的，并且知道接下来该怎么做。她跑进过道，在大衣口袋里摸索。找到了——这是一把用来开大门的大钥匙。她穿上外套。

56.

迷你莫里斯行驶在城外空荡荡的道路上。她驶向白墙和那个门洞。

维罗妮可把车停在大门外，尽可能悄声进院子。

她走近房子的大门，握下门把手，门锁着。她找了会儿钥匙。找到了。无声地打开门，走进去。

57.

维罗妮可踮着脚尖穿过玄关。老狗从自己的篮子里抬起头。维罗妮可摸摸它，它平静下来，又睡了过去。维罗妮可穿过一个个房间。她在敞开的卧室门外停了停，凝视酣睡中打着响亮的呼噜的父亲，露出一个微笑，然后继续往里走。走进书房，她关上身后的门，在书桌上找到包裹磁带的信封，然后点亮一盏小台灯。她从口袋里取出放大镜，凑到信封上。邮票上是一个头戴弗吉尼亚便帽的女人，她找到了上面的邮戳。在放大镜的帮助下，她得以读出上面印着的模糊文字："75巴黎03里昂火车站"。

58.

教授对她的拜访很惊讶，可还是打开了房门。

教授　维罗妮可？……您弄错日子了。

维罗妮可在门口迟疑。教授做手势请她进屋，带她走进一个点着小台灯的大房间。

教授　这个点……是我记错了吗？

维罗妮可　不，我来……是想告诉您，我放弃了。

教授 什么？

维罗妮可 我放弃了。

教授坐到房间中央的转椅上，望着在他周围绕圈子的维罗妮可。

教授 为什么？

维罗妮可 不知道。我知道我必须放弃。就现在。

教授站起来，声音很轻，但很郑重。

教授 您在浪费自己的天分，不可以……您不可以这样做。您应该被送上法庭。

维罗妮可 是的。不可以……

维罗妮可往门口走去。教授的声音让她停住。

教授 维罗妮可……您不会再来找我了，对吗？

维罗妮可摇摇头，她不会再来了。

59.

维罗妮可肩上挂着一个小皮包，跑进车站。跑出十几步后，她慢了下来。已经很晚了，车站上没人。维罗妮可跑到售票窗口，没人。没看到售票员令她焦躁，开始敲窗玻璃。售票员从隔壁探出来，点点头表示马上过来。维罗妮可掏出钱包翻找。她注意到一个流浪汉躺在长椅上，旁边摆着个塑料空酒瓶。维罗妮可好奇地盯了他一会。流浪汉用手指在空中画些什么图形，似乎不太满意，又生气地抹掉看不见的图案，重新画。

听见售票员的声音，维罗妮可转过头来。

售票员 小姐，您需要什么？

60.

维罗妮可穿过两三节空旷的车厢，大约只有十几个座位上坐了人。有人在睡觉，鞋脱掉了，脚搁在对面座位摊开的破报纸上。一个男人用帽子遮住脸。女人在读报；一个黑人姑娘朝维罗妮可微笑，她在听随身听里的音乐，跟着节奏打拍子。维罗妮可穿过火车上的儿童区，空无一人；走进餐车。

她买了一杯咖啡，坐到窗边。离她两个座位开外，一个男人正沉浸在阅读中。维罗妮可喝着咖啡，试图看清那个男人手里的书名。男人责备地看她一眼。维罗妮可收回目光，端起她的塑料咖啡杯。她坐回自己的座位，把头靠在头枕上，像是睡了。但过一会儿我们发现，她手里还在玩那根棕色的鞋带，缠上手指，又展开。

61.

破晓时分，一列长长的TGV[1]火车驶入巴黎车站。维罗妮可不太确定地打量站台，已经有几十个人下车，有捧着鲜花的女人，有载着行李的手推车，听随身听的黑人姑娘正头也不回地奔向出口。一个戴礼帽的女人看到维罗妮可，目光中带着明显的嫌弃。

维罗妮可避开她的目光，可她明显朝着她过来，走近几步后停得离她不远。维罗妮可拿起皮包，从这略显僵硬的女人身边走过。她穿过车站大厅，外面车水马龙。维罗妮可四下张望，不知道自己要找什么。她注意到车站广场的另一侧，有一辆烧毁的汽车，中东航空公司的窗户碎了。警察踩在汽车残骸上，整个区域被封锁。

维罗妮可回到车站里面，走进候车室。她在一排排长凳间穿行。这里人不多，但维罗妮可被墙边睡在薄褥子上的一对年轻情侣绊了一下。她道歉，对方没有反应。广播在播报列车出发信息，她停下细听，想确定磁带里是否录到过这声音。当看见戴礼帽的女人从候车室对面经过时，她躲到了柱子后面。等她走过，维罗妮可才拦下一个在抽烟的铁路工作人员。

---

[1] 法国城际高速列车服务。

维罗妮可　不好意思……哪里有咖啡馆？车站里有吗？……

工作人员默默指了一个方向。维罗妮可点点头。

维罗妮可　您知道那里可以听到广播吗？列车信息之类的。

铁路工作人员　不知道，我没去过。

维罗妮可朝工作人员指的方向走去。在月台上看到一个指向咖啡馆的箭头。她走近大玻璃窗和写着花体字店名的门，朝里张望，里面好像没人。她把脸凑到窗玻璃上，看见深处有个人背身坐着。维罗妮可挪开脸，站到店门口。她在等待，却有些等不及，半晌才拉开咖啡馆的门。她松手，门自动朝里关上，发出巨大的咯吱声。维罗妮可微微一笑，把包甩到肩膀上，走进咖啡馆。

62.

咖啡馆里光线昏暗。吧台有两个人，一个想必是女侍者。维罗妮可花了点时间才让眼睛适应室内的昏暗，在场并没有人在意她进来。先前看到坐着男人的地方没人了。走近前可以看到，椅子上还搭着大衣，桌上放着茶杯和茶壶，旁边是一台迷你录音机和一副挂绳眼镜。维罗妮可犹豫了下，在桌旁坐下，面朝窗户，把包放到椅子上等待。她听到脚步声从身后传来,但没有回头。女侍者出现在她身边。

女侍者 不好意思……

维罗妮可再次露出微笑,她认出了这个声音。女侍者收拾茶杯和茶壶,杯盘相碰发出熟悉的声响。女侍者抹掉桌布上的面包屑,留下维罗妮可独自坐在那。过一会儿,维罗妮可又听见脚步声。脚步声在清晰地靠近,停在她身后。维罗妮可转身,面前站着亚历山大。她用手帕擦手,又突然意识到自己在做什么,便把手帕藏起来[1]。两人都不知道如何开始这场会面,简单的"你好"不会从他们口中吐出。最后亚历山大问出一个问题。

亚历山大 您要来点茶吗?

维罗妮可 咖啡。

亚历山大看向吧台,唤来女侍者。现在他已经坐到维罗妮可的对面。女侍者几乎同时出现。

女侍者 柠檬茶?

亚历山大 还有咖啡。

女侍者离开。维罗妮可和亚历山大注视着对方。如果给视线的强度标上等级,维罗妮可的注视更强烈。

---

[1] 手帕一般用来擦鼻涕,她用来擦手有点尴尬。

亚历山大有些灰头土脸，两天没刮的胡茬上还挂着水珠；维罗妮可也没有化妆，没有梳头——但看着还不错。女侍者端来饮料，却把茶放在了维罗妮可面前，亚历山大借此机会打破僵局，给两人调换了饮料。维罗妮可看着冒热气的咖啡。

维罗妮可　您等了很久？

亚历山大看手表。

亚历山大　有点……四十八小时过去了。

他倏地一笑，像在自嘲，但非常短促。笑得有点刻意。

亚历山大　值得……

他开始给茶里加糖，用力搅拌，用力挤干柠檬，灌入滚烫的液体，像之前那样笑起来。

亚历山大　对不起……

维罗妮可　为什么？

亚历山大　我怕，您不会来……您不会坐车来……

维罗妮可　我害怕您不会在。

亚历山大　我一定会在。我还会再等两天，或者三天……

他指指录音机，从大衣口袋里拿出几盒磁带和已经写上地址的信封，放到桌上的录音机旁。

亚历山大　我想验证一下……想知道这是否

可能。

维罗妮可　验证什么？

亚历山大　在心理上是否可行。

维罗妮可　在心理上可行是什么意思？

亚历山大第三次笑。他深吸一口气，然后呼出。

亚历山大　您知道的……既然您来了，那您一定知道，我写过童话，那些给孩子们看的书……

维罗妮可点头，睁大眼睛看他。微笑、感动和光芒慢慢从她脸上消失。

亚历山大　现在……现在我想写一本真正的书。这本书里有一个女人……接到一位陌生男子打来的电话。我想知道从心理学的角度是否可行，女人是不是会……对，这是不是可行……

维罗妮可没有将目光从他身上移开，但目光中出现一些坚硬的东西。亚历山大定定地看她。

亚历山大　您不说话……

维罗妮可确实在沉默。亚历山大垂下目光，直到维罗妮可开口才迅速抬起。

维罗妮可　21、22、23、24……

亚历山大　我不明白……

维罗妮可　您想让我说些什么。

亚历山大　我是想……

显然他期待得到的是别的东西。他再次垂下目光。

维罗妮可　为什么是我？为什么您会选择我？

亚历山大无奈地耸耸肩。

亚历山大　我不知道。

维罗妮可　谢谢您的咖啡。

她站起身，走出咖啡馆，步子果决有力。吃惊的亚历山大呆了一会，然后突然迅速收拾起磁带、信封和录音机，查看女侍者留下的匣子里的账单，摸出零钱。

63.

维罗妮可走过那片由烧毁的汽车、无聊打哈欠的警察和被封锁的航空公司组成的狼藉。我们可以看到维罗妮可身后的背景，是巴黎火车站的出站口。女孩拐上一条繁华的街道，走出十几步后又放慢脚步。她皱眉停步，又回身奔跑起来。她沿原路返回，冲上通往车站的阶梯，消失在咖啡馆的门里。

64.

维罗妮可跑得气喘吁吁。咖啡馆里跟刚才一样空空荡荡。一对夫妇占据了窗边的小桌子。维罗妮可走向亚历山大不久前坐过的桌子，拖开椅子，看桌子底下。她转身走向吧台后的女侍者。

维罗妮可 您有看到吗?……我把包落在这了,黑色的皮包。

女侍者从吧台出来,走向收银台。从那里拿出一把小钥匙交给维罗妮可。

女侍者 先前在这里的那位先生……让我把这个给您。我没看到包,只有这个。

维罗妮可拿起钥匙打量,那上面附着一个写有数字的小牌,看着像车钥匙。

维罗妮可 这是哪里的钥匙?

女侍者 寄存箱上的。也许是站台上的寄存箱。

65.

维罗妮可平静地走出咖啡馆,面带微笑。她四下张望,看见了站台上的储物柜,但她又一次细心观察一番四周。她走到寄存箱所在的那面墙,寻找编号。她的寄存箱在底下。维罗妮可蹲下身打开箱门,把手伸进去——箱子空的。维罗妮可愤怒地砸门,门又反弹开来。她再一次——尽管觉得毫无意义——把手伸进寄存箱,在角落里找到一把小钥匙,上面是另一个数字。她左右看看,没发现任何值得注意的东西。她寻找新号码对应的寄存箱——这次位于顶部。维罗妮可打开箱门,里面是她的包。她关上门,明显怒气冲冲。

66.

维罗妮可头也不回地穿过车站广场，毫不在意身后汽车的尖叫。警察们正在把被烧毁的汽车挪到拖车上。维罗妮可在下一个路口走入地道，出地道，又拐进一条安静的小巷，继续朝一条喧闹的大街跑去。她拐过转角，又跑几步，按下一处居民楼的门钮，走了进去。大门在她身后关上。维罗妮可回身查看，大门在跟人眼一样高的位置有块小小的玻璃，维罗妮可透过它向外张望。不一会儿，亚历山大出现了。从她眼前跑过，从维罗妮可的视野中消失，很快又折回来。他四下张望，不停地蹦，希望从人群上方找到什么。场面有点滑稽，维罗妮可笑了。亚历山大跑到街对面，冲进地铁口，没一会又从里面跑出来。他再次四处张望，走进店铺又出来，越来越焦灼。一个路人撞到他，亚历山大差点被撞倒。他再次穿过车流，来到街这边，维罗妮可通过这边的大门观察着他。他站在街沿，无助地用一块大手帕擦鼻子，快快走开。维罗妮可看到一辆出租车停过来，两位老先生从车里下来。维罗妮可从她的藏身地冲出来，在那两位老先生关门之前坐进去，猛地关上车门，报了一个地址。出租车扬长而去。

67.

维罗妮可填写酒店的入住表,填完递给胖乎乎的前台小姐。

维罗妮可 可以的话……我想要一个离院子远点儿的房间。我有点累。

前台小姐用电脑查询空房,皱着眉头,明显不太情愿。

前台小姐 有几间空房。您要哪一层?

维罗妮可 安静些的……

前台小姐拿过钥匙板,从中取出一枚交给维罗妮可。

前台小姐 在五楼。

她没好气地笑笑,目光看向大堂远处,然后才转向维罗妮可。

前台小姐 需要叫醒您吗?

维罗妮可 不用,谢谢。

她接过钥匙拿起包,转身朝电梯走去。前台边上还有几个人在晃悠,一个穿制服的门童推着某个游客的行李箱,一个日本人在汗流浃背地数行李,一位年长的男士拿着长长的账单给妻子看。维罗妮可避开这些人,却碰上了在这里似乎站了蛮久的亚历山大。这完全出乎她的意料。

亚历山大　对不起。

维罗妮可　为什么？

亚历山大耸耸肩，也许是为这一切。

68.

维罗妮可把化妆品放到酒店浴室的架子上……牙刷，牙膏，化妆用的乳液、乳霜，几件零碎杂物。她没有照镜子，也没有整理头发，却在放这些东西时从镜子里发现一些让她不安的东西。她把脸凑近镜子，检查自己的眼睛，用手指扒开眼皮，发现它微微发红。她眨眨眼，坐到浴缸边沿上，从包里取出裙子和上衣，拿下预先准备好的衣架，把衣服挂上，然后走出浴室，来到与浴室相连的小过道。那里有个柜子。当她把裙子挂上时瞥了眼房间，一愣。她没再看柜子里面，只是费劲地将另一个衣架的钩子挂上。她关上衣柜，朝房间里走入一步。亚历山大缩在床的一边，在酣睡。他扭曲成一个不太舒适的姿势，倒头就睡的那种。维罗妮可走近一些，亚历山大睡得很香。维罗妮可抬起他垂下的手，毫无反应。维罗妮可想拿床罩给他盖上，但这样必须挪动他。她扫一眼房间，找到亚历山大扔在扶手椅上的大衣，给他盖上。她取下他的挂绳眼镜，然后坐到扶手椅上，望着亚历山大，深深地、毫不掩饰地打了个哈欠，只在最后一刻捂住嘴。过了一会儿，她起身伸个懒腰，动作间像要脱下裙子，最后放弃了。她躺到这张硕大双人床的另一边，背对着亚历山大，用床罩盖住自己的腿，蜷起身。她刚要闭上眼睛，又想起什么。她艰难地褪了几次，才从手指上褪下那枚细金戒指，放到眼睛上轻轻按摩。她必须看向上方才能按摩到下眼睑。动作突然停滞。透过矩形的窗口，她看到上方飘下一张洁白的布。风或者气流将它推向窗户。天色渐暗，布撞上窗玻璃，然后像起初那样慢慢落下。维罗妮可平静地闭上眼睛。她听见远处传来女人的声音——"玛丽！床单掉下去了！"——天井里荡起回声。她陷入沉睡，脸色变得柔和，完全舒展开来。

黄昏。亚历山大从睡梦中惊醒，起初弄不清身处何地，迷糊了一阵才清醒过来。他看到一旁熟睡的维罗妮可，后者此时已经滚到大床的中央。维罗妮可的脸枕在手臂上，一束头发丝随着呼吸微微颤动。亚历山大凑过去，看着睡梦中的女孩。许久，这双眼睛才睁开。两人对视，非常自然且缓慢地相互靠近。

维罗妮可　我睡着的时候，落下一块床单。

亚历山大　我爱你。

维罗妮可　我爱你。

轻声细语。两人已然靠得很近,以至于温柔的亲吻如同先前的靠近一样自然而然地发生。这个吻很轻,但持续足够长。随后,他们彼此灼热地对视,一动不动。亚历山大的目光没有从维罗妮可的脸上移开,捉起维罗妮可的手要吻它。维罗妮可——害羞地——藏起手。亚历山大用指尖轻轻触碰她的嘴唇、鼻翼和眉毛。维罗妮可看着他,手从后面搂住他的头,然后手往上移。当她的手滑到亚历山大的脸颊时,他亲吻她的手掌和食指。维罗妮可不再藏起手,任他亲吻。如此一段时间后,两人再次一动不动,热切地看着对方。亚历山大异常缓慢地用嘴唇靠近维罗妮可的双唇。

深夜。两人面对面, 坐在床两边。她穿着衬衣,他赤膊套了件毛衣。两人间的床中央摆着一个椭圆形的托盘,上面放着吃剩的晚餐。维罗妮可笑出了眼泪,笑弯了腰。亚历山大也笑得很欢,即便没那么剧烈。

维罗妮可　……我尖叫起来,以为他在干坏事。那时我还不到七岁呢。她从他身体下面伸出脑袋,瞪起眼睛,做了个这样的动作……

维罗妮可笑着把手指放到嘴唇上，模仿着那个女人伸出脑袋时的样子。

维罗妮可 这是我第一次看到做爱。你还想知道我什么？

亚历山大 一切。

维罗妮可弯腰从地板上捞起自己的小包，扔向亚历山大，几样小东西从包里掉到床上。亚历山大打量着这些女人的秘密。他打开一管无色唇膏。

亚历山大 这做什么用？

维罗妮可 嘴唇冻僵的时候涂……我涂给你看。

亚历山大将唇膏扔过去，维罗妮可拿它抹嘴唇。亚历山大又拾起一副又老又旧的太阳镜。维罗妮可大惊小怪地停下动作。

维罗妮可 该死……我找了它一年。

亚历山大从包里翻出一个小小的彩色橡皮球。他把球扔出去，让它在地板、两面墙和天花板间来回弹，最后弹回到他张开的手心里，像牵了线一样。他双手的灵巧本就不足为怪，可维罗妮可还是佩服地直摇头。她喜欢在这里，在这个房间里，让他当着她面变这个戏法。她摊开手掌伸过去。亚历山大明白她的意思。他想了一秒钟，环顾下四周，再次扔出球。球再次在地板、天花板、背后的墙之间来回弹，最后在维罗妮可的视线追随下，神奇地落到她的手心。维罗妮可合上手掌，然后摊开，把球递给亚历山大。当他们的手在托盘上相碰时，亚历山大温柔地看着维罗妮可。

亚历山大　维罗妮可……

维罗妮可　怎么啦？

从语气中可以推断出他有重要的事要说。她手肘支在打开的膝盖上，托着头，身体前倾。

亚历山大　我知道为什么是你了。

维罗妮可　是吗？

亚历山大　不是因为书。是因为你。我对自己说谎了。

维罗妮可　我有可能不领会的。

亚历山大　有可能。

维罗妮可　要是我没领会呢？

亚历山大　我不知道。我会继续等，会继续寄出更清晰、更明白的什么……

维罗妮可　但我可能并不想领会。我可以扔掉那鞋带和磁带，扔掉所有你寄来的东西。

亚历山大　那我倒可能理解自己为什么要这么做了。

维罗妮可露出灿烂又明媚的笑容。

维罗妮可　可我早就知道。

亚历山大　什么？

维罗妮可　知道你为什么这么做。早在你第一次半夜打我电话的时候，甚至更早……

亚历山大　你知道什么了？

维罗妮可微笑。

维罗妮可　所有。

亚历山大　在车站时也知道？

维罗妮可　是的……可能没联系，也可能有。我生出来就有这种感觉，我在这里，同时也在别处……说不清。最近有点不一样，但我始终知道……我感觉得到我应该做什么。我不知道这种感觉从哪来的，但我就是知道。

这段简短的独白期间，亚历山大一直在专注地看她，似乎明白点什么，又难以言表。维罗妮可笑了，她注意到亚历山大明白她意思，便点点头。

维罗妮可　好吧……

气氛有点变化。亚历山大注意到床上有几张彩色照片，显然是刚才从包里掉出来的。第一张照片，是一群年轻人站在汽车前。

亚历山大　这里面有你吗？

维罗妮可　你找找看……

亚历山大　这儿……（找出来）你在这里。这是哪儿？我认不出。

维罗妮可　那次我们去匈牙利、捷克斯洛伐克和波兰旅行。这应该是在克拉科夫。

维罗妮可在看亚历山大递过来的照片，他在看下一张。一张略显黯淡的照片吸引了他。照片是从高处拍的克拉科夫老城广场，远处站着一个面目模糊的女孩。女孩在直直地看向镜头，动作被定格——像要走近来的样子。

亚历山大　这张拍得不错。你……被定格在这个奇怪的动作上……

维罗妮可远远看过去，伸出手。

维罗妮可　这不是我。

亚历山大把照片递给她。

亚历山大　是你。

维罗妮可看照片。照片中的女孩长着跟她一模一样，正直视着镜头。

维罗妮可　这是我拍的。不可能是我……

亚历山大又拿起一张，机械地回答。

亚历山大　可这就是你。

他没有注意到维罗妮可的状态。她伏在照片上，用手指触摸那张脸，那是她的脸。他皱着眉头，无法理解这其中发生过什么，而现在她的身上又在发生什么。

她的眼角出现泪水。维罗妮可无法自抑,终于嚎啕大哭起来。亚历山大丢下手里的照片。维罗妮可哭个不停,双肩颤动。

亚历山大　维罗妮可……

维罗妮可平静不下来。她趴在照片上哭得楚楚可怜,甚至绝望。

亚历山大起身,绕过床,俯身抱住她,抚摸她的脸,给她擦眼泪。维罗妮可紧紧抱住他。

亚历山大吻她的眼睛,然后是嘴唇,搂住她。哭声逐渐平息。维罗妮可的脸上现出情欲,即便眼泪仍在流淌。现在我们只看到她滑到下方的脸。越来越急促的呼吸声。亚历山大的背部也许在起伏,但我们只看到她。她的表情告诉我们发生的一切。维罗妮可把自己交付给亚历山大,泪水渐干。她攀上高潮,汹涌又热烈,紧紧抿住嘴唇克制着尖叫,但最终还是发出了尖叫。随后她的脸慢慢平静下来,直到彻底松弛,带上明媚和幸福的笑意。亚历山大躺到边上,两人现在脸对着脸。两人闭着眼睛,呼吸依然急促。

69.

冬日昏暗的黎明。空荡荡的巴黎街道。亚历山大和维罗妮可的背影——只看到两颗脑袋,背景是街道全景。两人安静地并排走着,我们得过一会儿才认出他们。远处出现一个男人,一位穿着优雅的老先生,身穿灰色毛领大衣。镜头推近维罗妮可和亚历山大,我们看到老先生出现在两人中间。他走得很慢,他俩也是,因此一段时间里我们可以清楚地看到他。他走近,经过他们俩,然后离开。维罗妮可停下脚步,在他身后转身——也就是转向镜头。她大笑起来,甚至咯咯笑出声来。亚历山大也停下来看过去,对维罗妮可的反应很惊讶。

维罗妮可　我以为……他走过来时,我确信他会突然掀起大衣,给我们看……

维罗妮可比划着应该的样子。

70.

亚历山大家里一个几乎没有家具的房间,维罗妮可从仅有的大床上醒来。发现床上只有她一个人,担心地坐起身,随后听见音乐隐约传来。镜头离开床上的她,穿过其他房间和过道,似乎朝着音乐的方向移动,因为音乐声越来越清晰。

一些房间是空的,另一些摆着不多但精致的家具,还有许多包裹。显然屋子的主人没时间整理。房子的尽头是一间安着大窗户的房间,像是工作室。镜头在这里找到了亚历山大。

他坐在一张又宽又长的桌子前，埋头忙着什么，音乐开得很大。这是我们熟悉的那首作品的管弦乐版本，用音质极好的设备播放。镜头凑近亚历山大身边，停下。

维罗妮可的手冷不丁出现在他的背上，他毫无防备——甚至打了一个激灵！

很快，我们在画面里看到她。她从亚历山大的头上俯身看他在做什么。从他手的动作可以看出，这是一项非常精细的工作。

维罗妮可比我们更快看出亚历山大在做什么。她吃了一惊，露出一个短暂的微笑，又皱起眉头。

维罗妮可　亚历山大……

桌子上躺着两个大木偶，都长着维罗妮可的脸，又或者——有人愿意这样想的话——一个是维罗妮可的脸，另一个则是维罗妮卡。它们穿着白衬衣、黑裙子和夹克外套。亚历山大这会儿正在打磨它们的衣服。他笑着对维罗妮可说。

亚历山大　圣诞节快到了，我想……要是你不喜欢，我就写一个童话，一个关于女歌者的童话……

维罗妮可　为什么……为什么做了两个？

亚历山大深深看着维罗妮可。像有很多话要说，最后却只捡了一个由头。

亚历山大 怕弄脏。表演时要拿来拿去,会弄脏,弄坏……

两人沉默,望着躺在桌上的木偶。亚历山大拿起一只,用手握住控制手部运动的连杆,对另一个木偶则操纵着她的脖子。像在表演时那样,木偶开始随着他的手上动作动起来。

亚历山大 唱吧……

维罗妮可似乎不明白他的意思,有点困惑。

维罗妮可 什么?

亚历山大 你唱吧……

他用手指轻轻打起拍子,提示她。维罗妮可想一想。她看着木偶,它像在等待谁给它一个最后的机会。维罗妮可先是轻声哼唱,随后放开喉咙,歌声清晰响亮起来。她的声音与克拉科夫音乐会上的维罗妮卡一样优美、清澈、富有表现力和感染力。歌声逐渐接近那次音乐会中断的位置,维罗妮可的声音同样紧张和颤抖起来。她度过那个关键位置,平静地又唱了十几秒。

71.

巴黎。深夜。维罗妮可的歌声传来。我们从窗外看着亚历山大和维罗妮可。

镜头移向公寓楼上的窗户。那里，一个年轻少妇将天上的什么东西指给她怀里的小男孩看。镜头侧移，来到另一间公寓。里面空无一人，深处的床头亮着一盏小台灯。再隔壁的窗口，我们看到坐在桌前的一家人：父亲在给膝上的小女孩看一样东西。东西一定很小，因为两张脸快贴到桌面上。镜头继续上升，滑过众多公寓的窗口，人们在里面吃饭，看电视，或者准备休息。画面中的窗户越来越多，汇入邻近的楼房和街道，和被点亮的、人潮人海的城市。

淡出。

片尾演职员表。

天堂

刘安娜 译

菲利普坐在直升机的模拟舱里,机舱在操纵杆和风速作用下不停晃动。机首凸型窗前有一个大屏幕,满屏是实时运动的计算机图形。菲利普的耳机里传来教练的声音:

声音 (画外音)今天就到此为止吧,法布里奇。返回基地。这次降落小心点,明白吗?完毕……
菲利普微微点头,推动操纵杆执行转弯动作,一边看着监视器里飘过的乌云……

显示片名:
天堂

1.
外景。蒙蒂普尔恰诺市场。夜晚。

托斯卡纳大区宽阔的蒙蒂普尔恰诺广场，被数百个窗户照亮，背景处的大教堂和锡耶纳市政厅前有彩旗摇曳。行人寥寥，都在匆忙往家赶。安静，平和。

2.

外景。蒙蒂普尔恰诺的市场。夜晚。

雷吉娜——二十八岁的美人，站在小街边的电话亭里，神色焦虑地按电话键盘上的数字。

雷吉娜 菲利皮娜……菲利皮娜（冲着话筒喊），别这么干，听见吗？别，求你了……

没有回应，她喊得更响了。

雷吉娜 喂……喂！别挂电话……

无声。

雷吉娜 菲利皮娜！

她放弃了，挂上电话，手捂住脸。

3.

内景。菲利皮娜住所。白天。

都灵市中心一个不大的寓所，窗外一片繁华喧嚣的大都市景观。

坐在沙发上的菲利皮娜正盯着电话。她三十岁上下，短发，穿着宽松的毛衣，神态平静。

一会儿，她从毯子下抽出一个电子小设备，放到膝盖上，小心翼翼地开始对表。她按下设定键，开始倒计时，她还有40分钟。菲利皮娜起身换衣，理包。正当她把装着设备的塑料方盒子放进皮背包时，手肘碰到桌面，盒子掉了出来。她在盒子落地前一刻接住了，颤抖着手把它重新放进包里，很久才平复呼吸。最后她抓起几张纸，揉成一团揣到衣兜里，出门。

4.

外景。都灵街道。白天。

满载的公交车在市中心路边停下。司机下驾驶室，检查轮胎，随后挂上"故障"牌。乘客们陆续下车。菲利皮娜也从车上下来，扫一眼四周便跑起来，完全无视拥挤的行人。

没跑出几步，她差点被一辆高速行驶的摩托车撞上。她躲闪间一头撞上了巡逻的交警。

警察 跑太快了。

女孩有点着急，又不能直接离开

菲利皮娜 谁？

警察 所有人……（微笑）您也是。

菲利皮娜继续赶路

5.

外景/内景。写字楼。白天。

高耸的现代写字楼。楼体外有三部透明电梯在无声地运行,电梯口开在院子里。

菲利皮娜犹豫是否乘电梯。发现电梯很满,便进大厅,走楼梯上三楼。

她来到一家大型计算机公司门前,拉开门的一刻又看下表,立马甩掉门把手,去找卫生间。

找到卫生间,她迅即锁上门,从背包里取出设备,将计时器按停。

她瞅数字——还剩不到一分钟——已开始读秒。

她重新设定时间,按键。这次给自己留出5分钟。

6.

外景。写字楼。白天。

一辆汽车停到摩天大楼前,下来一位父亲,带着两个女儿(一个十二岁,一个四岁)。男人锁上车,牵上小女儿的手,向大楼入口走去。

女孩 我们坐电梯吗?

父亲 (微笑)……坐到顶楼。

7.

内景。写字楼。白天。

菲利皮娜拉开镶有计算机公司黄铜标识的门,走进宽敞的秘书室。坐在办公桌后面的女孩抬起头。

  秘书 您好,请问有什么需要吗?

  菲利皮娜 我预约过。跟你们老板。

  秘书 老板这会儿有点忙……(带着抱歉的笑意)请问您找他有什么事呢?

  菲利皮娜 (微笑)情爱方面的。

略感吃惊的秘书走进老板办公室,在她转身关门前的一刹那,菲利皮娜瞥见正坐在办公桌旁打电话的男人,他身材适中,三十多岁,戴着眼镜,刺猬头。

关门声——留下菲利皮娜一人。她扫一眼室内,卸下背包,取出准备好的设备,把它放进门口的垃圾桶。再从衣兜里拿出纸团,盖住设备,出门。

8.

外景。写字楼。白天。

写字楼前的院子。父亲带女儿等电梯。所有电梯都有人,电梯门上的指示灯显示各自的位置还很高。他们等的这部终于开始往下走。

  女孩 (看着指示灯)22……21……20……

19……停了……（看看父亲）……它停住了。

父亲　你再按下按钮。

大女儿按下电梯按钮，小女儿又继续数楼层。

9.

内景/外景。写字楼。白天。

菲利皮娜从楼梯跑下，穿过大厅。出大楼来到院子，从带着女儿的父亲身边经过。小女儿在继续数楼层。电梯下到15层。

菲利皮娜走进电话亭。拨号。秘书的声音，就是刚刚和菲利皮娜说话的那个。

秘书　您好，这里是Olcom电子公司。

菲利皮娜　（断断续续）我是前台。好像有人触发了您车上的报警器……应该是出了什么问题，请您下来看看，这声音实在让人受不了……

挂上电话。

10.

内景/外景。写字楼。白天。

Olcom电子公司秘书室，秘书挂上电话，从办公桌前起身走到窗口。

她有点犹豫是否去楼下的停车场。最终决定——穿上夹克走了出去。

她在门外碰到一个清洁女工,正一边推着装有大垃圾袋的车子,一边倒烟缸和垃圾桶。

11.

外景。电话亭。白天。

菲利皮娜仍占着电话亭。

  电话里的声音 这里是派出所……

  菲利皮娜 我已经好几次给你们打电话,可你们什么都没做,所以现在……(再次看表)……40秒后,我提到过的那个男人,会和他的办公室一起飞上天。

  电话里的声音 (有点着急)您是谁?

沉默。

  菲利皮娜 (平静地)菲利皮娜。

12.

内景。写字楼。白天。

清洁女工走进Olcom电子公司空无一人的的秘书室,弯腰拎起垃圾桶,将垃圾倒进手推车上的垃圾袋。

13.

内景。写字楼。白天。

天堂

玻璃电梯，里面是父亲和两个女儿。大女儿盯着渐渐远离的地面。小女儿则抬头不安地盯着透明的电梯拱顶。

女儿 走得好快。

她抓住父亲的手。

女儿 ……太快了

突然，像听见她愿望似的，电梯缓缓停下。清洁女工出现在正打开的电梯门口。

清洁女工 （推车，又立马后退）对不起，我等下一趟吧……

父亲 （微笑）没关系，装得下。

14.

外景。都灵街道。白天。

菲利皮娜走出院子，下小台阶，上了大街。她很淡定，头也不回地朝地铁站走。

片刻之间，爆炸声盖掉了城市的喧闹。写字楼的三层出现一根火柱和灰黄的浓雾。在电梯倒塌的轰隆声中，在人们恐惧的尖叫声中，居中的那个电梯箱破裂并像块石头一样坠落。它重重地砸在内院的石板地面，倒塌，碎片飞溅在彩色鹅卵石上。

玻璃的碎裂声。行人的尖叫声。灰尘。

15.

内景。菲利皮娜的住处。黎明。

大门撞开的声音惊醒了菲利皮娜。几个戴着头套、端着手枪和短步枪的警察冲进屋。他们迅速占领她的公寓,冲破浴室、厨房和所有房门。

菲利皮娜刚从床上坐起,就有两把枪抵住她的头。

男人 不许动。

菲利皮娜对警告毫不在意,将T恤拉到膝盖上。

男人 不许动,你被捕了。

男人打开灯,这么小的房间能挤进这么多人颇让人不可思议。

菲利皮娜 我可以穿上衣服吗?

男人看向上司——上司点头。菲利皮娜朝衣柜门伸手。

男人 (推开她的手)不行。

两米高的男人端着乌兹冲锋枪走向衣柜。

第二个男人 你要什么?

菲利皮娜 牛仔裤……(揉手肘)……牛仔裤和内裤。

男人打开衣柜瞅了瞅,拿出菲利皮娜要的衣服递给她。

菲利皮娜看了一眼内裤。

天堂

菲利皮娜　不是这条，是上面那条。

16.

内景。菲利普的公寓。白天。

菲利普二十一岁，有一张非常年轻的脸。他穿上警察制服——明显是他人生中的第一次。父亲站在他身旁，骄傲地看着儿子。父亲凑过来给他打领带。

父亲　（笑）把那垃圾扯下来。

男孩顺从地摘下自己的彩色斯沃琪手表。父亲回自己卧室，不一会儿拿来一块过时的欧米伽金表。

父亲　这块表有二十一年了……（递给儿子）我在你刚出生的时候校过，看……一秒不差。

菲利普恭敬地扣上没用过的表带。父亲退开几步，拉开窗帘，久久注视儿子。

父亲　转个身。

菲利普顺从地转身——他平生的第一套严肃制服，人显得偏高，偏瘦。

父亲　（低声）看着很不赖。

17.

内景。警局。白天。

羁押室。菲利皮娜伫立在窗前，铁栅栏牢门打开才让她有了一丝反应。

警卫 （大吼）去听证会。

分明没必要吼，因为女孩已经朝拉开的牢门走过去。楼道里站着几个武装警卫。来接菲利皮娜的女警将手铐拷到她手腕上，带走了。

18.

内景。听证室。白天。

听证室跟这幢楼一样旧。一些陈年的家具、灯和地毯，混合着如今必不可少的现代办公设备。

办公桌后面坐着一个50岁的白发人——法官。菲利皮娜被指令坐到他堆满文件的桌子对面。他们周围有几个身穿制服或便衣的男人来回走动。

法官 名字。

菲利皮娜 菲利皮娜。

法官 什么？

菲利皮娜 （用清晰的英语发音）菲利皮娜。

法官 （讥讽）……啊哈，开玩笑吧？

菲利皮娜从口袋里掏出皱巴巴的护照。打开照片页，给法官。

菲利皮娜 （用英语回答）菲利皮娜·帕乔德。1971年出生于卢顿。（抬眼）我是英国人，有权用母语作证。

惊愕。有个警察不明白女孩说什么，看她言行反常，便走到法官身前。

警察 先生们，该死的，她在干什么？

法官翻护照。

法官 她是英国人。

警察 （厉色对女孩）别闹了！

沉默。

法官 （瞅着警察）她是英国人。

警察 然后呢？

法官 她要用英语作听证……所以我们需要一个翻译。

他合上工作簿，开始动手整理散在桌上的文件，表示审讯应该推迟。

警察快气炸了。

警察 不用翻译，不得推迟……（砰的一声掀开法官的工作簿）她完全能听懂……听不懂我们马上让她懂……现在就审。

法官 ……她有权利。

警察 我不管她的权利……就像她不管我们的……

警察朝女孩俯过身去。

警察 明白吗？……（拍桌子）明白吗？！

菲利普 我可以做翻译。

平静的声音打断了正在升级的争吵。所有人扭头转向窗口。我们现在才发现，在电脑上打字的记录员菲利普。

菲利普 我有证书，我能翻译。

19.

内景。听证室。白天。

法官 名字。

菲利皮娜 菲利皮娜。

法官用意大利语提问。女孩用英语回答，再由菲利普翻译成意大利语。

法官 姓。

菲利皮娜 帕乔德。

法官查验护照上的拼写。

法官 年龄？

菲利皮娜 三十。

法官 出生地？

菲利皮娜 卢顿。

菲利皮娜冷冷回答着，像在填写个人资料。

法官 职业？

菲利皮娜 教师

法官　婚姻状况？

沉默。想了片刻。

菲利皮娜　不知道。

法官　……不明白您的意思。

法官对翻译不太确定，看向菲利普。

菲利皮娜　（思考后）我在办离婚……大约十年前……丈夫在离婚过程中去世了。

法官　法院裁定离婚了吗？

菲利皮娜　没来得及。

法官　那您就是丧偶。

法官转向菲利普确认一下。

法官　丧偶。

男孩将菲利皮娜的丧偶信息输入电脑。

法官翻卷宗，又看看一起听证的警察们，快速矫正下坐姿。

法官　您被指控制造了一起办公楼爆炸案，导致四人死亡。

菲利皮娜撇嘴。

菲利皮娜　四人？

法官　（确定）是的，四人……（看卷宗）爆炸导致大楼电梯坠毁，电梯里有四人，一个父亲带着两个女儿，以及一位五十岁的女工作人员——清洁工。

三人当场死亡，最小的女孩今晚在医院去世。

菲利皮娜瞬间将脸转向窗户。菲利普机械地抬起眼睛，在女孩用手遮住脸的前一秒，看到她流下的泪水。

过一会，哭声变大——菲利皮娜无法掩饰自己的沮丧。菲利普看着她无助和心碎的哭泣，忘了自己的职责，起身走到桌子前，倒了一杯水递给女孩。

法官 （正色）您难道无事可做吗？

菲利普回到电脑前。女孩喝水，放下杯子，稍稍平复下来。突然间，她意识到刚刚听到的指控含义。

菲利皮娜 我还被指控什么？

法官 被指控属于恐怖组织，企图剥夺他人性命……

菲利皮娜 （打断法官）就这四个人死了？

法官 是的，四个……（讥讽地）……还嫌少？

女孩还没来得及集中思想，那个刚才咒骂过的男人又趴到办公桌上。

男人 （大声问）你属于哪个组织？（近乎在吼）谁给你的设备？你从哪里弄到的炸弹？你在什么地方接受的培训，具体点，姓名、地址、代号。是谁命令的你？

他越压越低，几乎凑到女孩脸上。

男人 谁？！

天堂

菲利皮娜的头往后退。

菲利皮娜 （小声地）没有谁。

又一个男的凑过来,是个穿制服的警察。

警长 你丈夫是谁?

菲利皮娜 他谁也不是……已经死了。

警长 那他以前是谁?

菲利皮娜 大学生。

警长 因为什么死的?

男人声音很低,但很直接。女孩沉默。

警长 （耳语）因为什么?

菲利皮娜 （声音一样低）毒品过量。

短暂停顿后,第一个男人又逼到菲利皮娜身前。

男人 他加入过哪个党?左派分子?法西斯?

女孩耸耸肩。

男人 谁给的他毒品?

菲利皮娜 （越来越疲惫）他大学同学。

男人 姓名?

菲利皮娜 先生您很清楚……这件事我几年前就开始给你们打电话了。

法官好奇地从文件上抬起头。

法官 您给哪里打电话?

菲利皮娜 （平静地）给这里……给你们。

法官 （看着其他几个人）我们会调查清楚，所有通话都有记录。

男人 （这次没吼）你教什么的？

菲利皮娜靠在办公桌上，看上去非常疲惫。

菲利皮娜 英语。

男人 哪个年级？

没有回应。

男人 （几乎在吼）哪个年级？

菲利普从椅子上起身。

菲利普 法官先生……

法官不耐烦地瞪他一眼。

菲利普 （低声）法官先生……她晕倒了。

她身旁的男人退开一步——晕过去的菲利皮娜从椅子滑落到地板上。男人抓起杯子，把剩下的水泼到她脸上——菲利皮娜没反应。

法官立刻拨电话，不一会又生气地扔回话筒。

法官 忙音。

他看看站在菲利皮娜面前的菲利普。

法官 快去叫医生。

20.

内景。医务室。白天。

菲利普冲出走廊，笨拙地推开看管犯人的刑警，气喘吁吁上楼梯，跑到一个楼层，推开医务室的门。

菲利普　她晕倒了。

体态粗壮的医生正满面春风地听着电话，吃惊地转向这个不速之客。

21.

内景。听证室。白天。

医生拍打全无知觉的菲利皮娜的脸——没反应，便迅速打开包，准备针管。只有菲利普在试图帮他，其他男人都在房间里踱步聊天，身体挡住了光线。

医生找不到静脉，满嘴脏话。

菲利普突然感觉女孩的手抓住了他的手腕。菲利皮娜睁开眼，一时弄不清状况，但还是笑了。

菲利皮娜　我这是在哪？

她的低语淹没在房间的嘈杂声里。

菲利普　警察局。

菲利皮娜还是不太明白。

菲利皮娜　您是谁？

菲利普　警察。

她手松了一点。

菲利皮娜　抱歉

她想把手缩回去,可医生恰好找到了她的静脉。菲利皮娜脸上一阵痛苦的痉挛。

菲利普 您还是抓着吧……

菲利皮娜听话地抓紧他手腕。遗憾的是,因为肌肉绷太紧,针头从静脉里跑出来了,医生只得再找地方扎针。

医生 你们影响我了……

医生实际只看着菲利普。

医生 所有人都出去!

22.

内景。走廊。白天。

菲利普出了听证室,关上门,身体靠在墙上。所有警察之前已经来到走廊上,抽烟聊天。

其中一位——警长——打开听证室隔壁房间的门。菲利普的目光不由跟过去,看着他走向一个刚才透过单面玻璃观察听证室的男人。就在门关上的一刹那,菲利普注意到了这个剃着刺猬头、戴着眼镜的矮个男人。

我们能认出来,警长的谈话对象正是菲利皮娜放炸弹的那个写字楼里的老板。

23.

外景。警察局内院。黄昏。

菲利普站在警察局大楼外,用手挡住刺眼的落日光线,紧盯着四楼的楼梯窗。

一会儿,他看见几个警察用担架抬着一个人。他们上得很慢,每步都很困难。等他们从走廊消失,男孩又把目光转向警察羁押室的窗口,开始长时间等待那里出现人影。

24.

内景。菲利普的家。清晨。

菲利普家的厨房。父亲正准备送小儿子去学校,艾瑞尔——瘦瘦的,比同龄高出很多的12岁男孩。他刚吃完早饭,背上书包。

父亲 看见菲利普穿制服了吗?

艾瑞尔 (点点头)他给我看了你送给他的手表……然后把他自己的给我了。

他亮出手腕上的斯沃琪手表。然后跑去前厅穿鞋。

艾瑞尔 他和我聊过了。

父亲 (好奇)聊什么了?

艾瑞尔 聊我们的英语老师……

门咔嗒一声,男孩出门了。父亲望了一阵儿子的背影，然后去卫生间。他爬上楼梯，走到门口，按下门把手——锁着。他把耳朵贴到门上，想听清楚里面的声音，不成功。他敲敲门——声音在，但没人应。他开始敲得更重，不一会儿菲利普穿着湿漉漉的内衣站在门口。手里拿着一条湿床单。

父亲 （往卫生间里瞅）你干什么呢？

菲利普 在洗……

他无声地笑笑，笑得很夸张。

菲利普 ……我尿床了。

父亲 你尿床了？（难以置信地盯着床单）你已经10年没尿过床了……

父亲看着有点不好意思的菲利普。

父亲 （温和地）发生什么事了？

男孩没有回答。他的笑容让人意外的充满感激和孩子气——像往常一样感动父亲。

父亲 和我说说？

菲利普 （顿了一会儿）我爱上了一个人。

25.

内景。药店。白天。

温馨、老旧的小药房。窗口后面是头发花白的女药剂师。

天堂

女药剂师 （热情，像遇到熟客）菲利普，欢迎……听说你已经工作了。

菲利普 是的……（微笑着）我的自由时光结束了。

女药剂师 所以你继承了父亲的事业……

菲利普 是的……

他本想聊下去，又怕话多耽搁，便不再展开。

菲利普 嗯，是的。

沉默。药店的钟在有节奏地计时。

菲利普 我想要以前那种东西……（抬起目光）

女药剂师 我不是很明白。

菲利普 很早以前……我买过……不知道您还记得吗？

老阿姨的眼神还是有点茫然。

菲利普 就是，这次想要作用相反的那种……（微笑）就是利尿的。

26.

内景。听证室。白天。

第二轮听证在进行。疲惫、混沌的菲利皮娜在回答提问，还是上次法官那个四人组合。

菲利皮娜 （紧张地）我多年前就知道……从

我到学校教英语开始……刚参加工作就知道。但最近发生的一切，实在……（她攥紧手）……实在无法想象。毒贩公然在走廊里转来转去，在厕所和校外守候……无处不在。无能为力……两年里有十几个人去戒毒，一个月前玛塔上吊自杀……这可是小学啊……她拿起杯子喝水。

菲利皮娜 我很早就给警察局写信，我知道幕后是谁，就是那个男人，给我丈夫毒品的那个……我知道。我认识他……和他是大学同学……现在开了家电脑公司，但所有一切都是通过他……所有的……我给你们打了十次电话……也写过信……你们还要怎样？

法官 （打断菲利皮娜）我们查过电话记录……没有您说的通话记录。

女孩看着他的眼睛。

菲利皮娜 所以我买了炸弹。

纸的沙沙声——除了做笔录的菲利普，旁听者们也在笔记本上记录菲利皮娜的口供。突然女孩想起个细节。

菲利皮娜 我房间里有这些信的复印件……我起初是邮寄，最后几次是我亲自放过去的。上面有警局的章。

法官 我们查一下。

他转向其中一个在房间里转悠的男人。

天堂

法官 请把搜查记录给我。

坐在窗下的警长猛地从椅子上站起,出走廊。法官放下笔,从办公桌前推开身体抻筋。

法官 (伸手拿水)休息五分钟。

27.

内景。厕所。白天。

菲利普进厕所。他站到镜子旁,从警服上衣口袋里掏出一把螺丝刀和一段细电线。他拧开一个大插座盖,里面有自动烘手机的电线。他将口袋里的那段电线搭到插座里的电源上,然后拧紧盖子。

28.

内景。走廊。黄昏。

菲利普站在走廊里的咖啡机前。他投了几个硬币,不一会儿,将六个冒热气的塑料杯放到托盘上。他扫一眼四下没人,从口袋里掏出之前药房买来的药,在咖啡里放进几片白色药片,搅拌好,顺手打开走廊的灯,回到听证室。

29.

内景。听证室。夜晚。

窗外，夜。房间里所有灯都开了，冰冷的钠灯，结合香烟的烟雾，营造出一种北极幻境。

男人和法官即将喝完菲利普拿来的咖啡。男孩特别留意其中一个戴图章戒指的男人，直到他喝空杯子放下，才松下一口气。

法官　给警局的信，您是不是放在绿色的竹编盒里？

菲利皮娜　是的。

法官　上面那层抽屉？

菲利皮娜确认。法官打开卷宗。

法官　有六封1988到1990年期间您给丈夫的信。

菲利皮娜　（点头）是的。

法官　三封是去年从加拿大的姐妹那里收到的。

菲利皮娜　是的。

法官　两只薄款金婚戒，和一封26天前女学生寄来的短笺。

菲利皮娜点头确认这两项，等他继续。很遗憾没有后续。法官看她表情异样，便向她出示搜查记录。

法官　这份搜查记录是负责搜查的警长和中士签过名的。

女孩接过文件，一字一句地读。

菲利皮娜　（转向警长）这是您的签字？

天堂

警长 （平静地）是的。

菲利皮娜 没别的？

警长 没有了。

女孩归还卷宗，垂下头。

法官 您是不是放到别的地方了？

菲利皮娜否认。菲利普一直在观察那个戒指男，发现他开始不安地在屋里走来走去。深呼吸，下巴紧收，不时踮下脚尖。

警长 给你炸弹的人姓名。

没有回应。戒指男向其他人抱歉后，迅速冲出房间。菲利普的目光紧随着他——显而易见他在等什么。

警长 （吼道）谁给你的炸弹？

菲利皮娜抬起头，直视警察。

菲利皮娜 （同样大声起来）我从一个塞尔维亚商人那里买的，价钱比火焰喷射器便宜……他叫米兰，我可以告诉您哪里可以找到他……我还想告诉你们别的名字……我之前和现在都一直想杀掉那个毒贩的那些亲信们，送货员、联络员、提供毒品的、洗钱的。

警长 （打断她）你是四人命案的被告……（大声咆哮）你这辈子都别想从这里出去。

吼出最后一句时，离她的脸只有几厘米。

菲利皮娜 （小声）里面真有孩子？

警长 （咆哮）是的，两个小女孩。她们的父亲也在，还有一个妇女。

菲利皮娜僵在那里，下意识地用挂在椅背上的宽松羊毛衣袖子擦鼻子。

法官 您承认这一切吗？

突然停电了。

警长 这他妈的怎么回事？

他走到房门的灰色窗孔前，看外面。

警长 （朝向法官）好像外面都停了。

法官从办公桌后面起身，来到窗孔前，跟警长并肩站着。正当两人盯着黑漆漆的外面时，菲利普悄悄走到菲利皮娜的椅子边，往她毛衣口袋里放了什么。

菲利普 （耳语）注意……口袋……

他迅速回到原位。应急灯很快亮了。

法官 （松一口气）哎……

他回到座位。戒指男也回来了。

男人 （有些尴尬地解释）我刚把手放到烘干机下面，保险丝就断了。

办公桌后面的法官展开胳膊抻筋，显然没兴趣继续了。

法官 今天就到这里吧，怎样？

没人反对。法官伸手拎起电话筒。

法官 带走被告。

菲利皮娜起身穿毛衣。有个口袋明显满的，她有点不知所措，偷眼瞥菲利普。男孩把手插进自己裤兜，菲利皮娜也照着把手插进毛衣口袋。警卫进来把她带走。菲利普松一口气。

30.
内景。牢房。夜晚。
菲利皮娜回羁押室，坐到床铺上，等警卫把门关上，落锁，离开窥视孔，走廊里再无声息，她才从口袋里拿出连着线的微型录音机和微型耳机。

31.
内景。厕所。夜晚。
菲利普用螺丝刀起开烘手机的插座盖，抽掉自己的电线，接上原来的，恢复如初。他刚拧好螺丝，听到厕所门开，便迅速把手放到烘手机下面——有趣，工作正常。戒指男——他又想上厕所了——看到菲利普吃一惊。

菲利普　（也看着他）可以用。

32.
内景。牢房。夜晚。
菲利皮娜躺床铺上，在听。

微型录音机 （菲利普的声音）……我跟弟弟聊过。他12岁，是您班上的学生。他告诉我，您是他最喜欢的老师。他还说，学校里没人相信您会做坏事。您是位善良的好老师……我也是这么想的……他们说的有道理。如果听任他们所为，您会死在这里。可是我想做点什么……如果您同意的话，请给我录音，说您同意。然后把磁带放到听证室的小桌子下面，那里有个小架子……（沉默一会儿）……我说的，做的，我想做的这一切，是因为我爱您。

录音播放完毕，菲利皮娜在思考刚听到的这些。她按停录音机，倒带。

33.

内景。警察局大楼。夜晚。

小房间里铺满消音砖，借助十几个电子设备，两个男人——警长和技术工——在仔细监听菲利皮娜牢房里窃听器传来的声音。

警长 刚才那个是什么？

技术工 好像是收音机按键的声音……或者录音机。

技术工按停拥有强大专业录音功能的线轴，倒带，反复听这个神秘的声音。

技术工 录音机。

警长 给她一个定向麦克风,去噪音。

技术工按键操作一番,几秒钟后模模糊糊听到,从菲利皮娜微型耳机传出微弱的菲利普的声音。

微型录音机 (菲利普的声音,模糊)您可能没有注意到我,我就坐在窗下做记录,现在也做翻译。第一次听证时,我给您递过一杯水……您紧紧抓住我的手指。

34.

内景。牢房。晚上。

菲利皮娜结束复听,收好录音机和耳机,抱头躺到枕头上,闭眼,入睡。

35.

外景。公园。晚上。

菲利普站在公园里,从街对面望着警察局大楼。过了会儿,他望见羁押室窗口出现一个模糊的身影,他一动不动地久久凝视这个身影。

36.

内景。听证室。白天。

听证结束。警卫带走菲利皮娜,法官和众人各自收拾东西,陆续走出房间。

菲利普整理好电脑记录的证词,设定打印数量,准备打印机。警长和那个戴图章戒指的男人从玻璃后面的房间走过来。

警长 给我看下最后两页。

菲利普从电脑里调出最后两页。警长读了几行,没说什么,也没解释,带同伴走出房间。

几秒钟后,菲利普打开打印机,又去打开走廊门看看玻璃后面的房间里是否走空了。检查结果令他满意。他走到菲利皮娜坐过的小桌子那里,把手伸进小架子,在大家几乎开始怀疑的时候,他的手碰到了录音带。

37.

内景。汽车。白天。

菲利普的车里。男孩开出警局的停车场,一上路就把磁带插到微型录音机里。

微型录音机 (菲利皮娜的声音)我同意。

没有更多留言。

38.

内景。工作坊。夜晚。

钥匙在车刀上擦出火花。菲利普用橡皮泥压模,用小型冲床冲出一把简易钥匙,身后的艾瑞尔在帮着确认改进。

艾瑞尔 (过了一会儿)你不害怕吗?

菲利普 ……害怕。

39.

内景。菲利普的房间。夜晚。

菲利普闭眼躺在床上,对着录音机慢慢讲。

菲利普 ……星期四,您将在十点左右肚子痛。然后您会去厕所,几分钟后回来。如果您在厕所找到我放的东西,请给我一个信号。

40.

内景。牢房。白天。

菲利皮娜在听指示的下一段。

微型录音机 (菲利普的声音)……十一点左右,您将再一次感觉不舒服。您会去厕所,做好准备。您会听见走廊里的电话响,然后又停了,因为看守您的警卫过去接电话了,此时您将走出厕所,坐电梯到楼下车库,再从那里走楼梯到半层的地方。

41.

内景。警察局大楼。白天。

监听室。警长和技术工在听菲利普不太清晰的声音，警察在记录细节。

微型录音机 （菲利普的声音）然后您从后门走出院子，沿着一条篱笆小径，走到马路上。把您的毛衣扔进垃圾桶，再一直走到火车站。您将坐上前往博洛尼亚的火车，坐三站……晚上我会开车去那里。

门开了，一个戴着眼镜，剃着刺猬头的男人走进房间。警长跟他打招呼。

微型录音机 ……我会去那里接您，然后一起去酒店。到酒店我们再决定下一步。我相信会有下一步……非常美好的下一步。

录音播放完毕。技术工关掉录音机。

警长 很好……全部删除。

技术工按键，删掉所有录音。

男人 我们让他们跑……怎样？

42.

外景。市场。白天。

菲利普和弟弟在逛跳蚤市场。他们在一个卖牛仔服的摊位前比较着几条牛仔裤。

艾瑞尔 几乎一样。

菲利普 是几乎…还是一样？

犹豫。

艾瑞尔 一样。

菲利普 （对售货员说）两条。

他们结完账，拿着牛仔裤来到一个运动鞋摊位。

43.

内景。警察局大楼。白天。

警察局大楼还很安静。菲利普上楼，来到一扇很窄的白门前，插入自制钥匙，溜了进去。

这是一个特别的厕所——给羁押犯用的——是一个夹在中央的隔间，两边用板隔开。门下缘和地板间的空隙很大，足有半米。

菲利普走进隔间，在挂钩上挂上一个大包，以及纸条和钥匙。他关上门，走出厕所，碰上锁，向走廊尽头走去。楼梯那里有个事先放好的书包，他拎起包消失在电梯里。

44.

内景。听证室。白天。

警卫开门，将菲利皮娜带进听证室。

法官、警长、戒指男和坐在窗下的菲利普都在等她。

法官 您感觉好点吗?

菲利皮娜 ……不太好。

她坐进办公桌前自己的座位,法官点亮台灯,翻开工作簿,准备提第一个问题——这次女孩比他快。

菲利皮娜 (直直看向法官的眼睛)我在厕所里发现一个包、纸条和钥匙。

菲利普凝固了。

法官 什么时候?

菲利皮娜 (瞥一眼菲利普)……一个月前。

菲利普松一口气,继续记录口供。

菲利皮娜 纸条上写着"别来打扰我"。钥匙是学校里一间老植物温室的。我的学生卡拉在里面已经吊了三天。她已经怀孕四个月,艾滋病呈阳性有半年了。

警长 (打断她)我知道,这对你没意义……(挖苦地)不过电梯里的确死了四个人……我们不如回到这个…

法官 (安抚警长)……我们有时间。

让女孩继续。

菲利皮娜 那时您的朋友也不想知道她哪来的海洛因……(看着警长的眼睛)……这孩子的父亲一周

前也死了…

法官 因为什么？

菲利皮娜 毒品过量。

45.

外景。警察局大楼前面。白天。

艾瑞尔在电话亭四周溜达，穿着牛仔裤和红T恤。他神情有些紧张——不时地看下表，两手交换着提塑料袋。他过几秒钟就拉开门看看电话是否正常，再回到街上。我们现在才发现电话亭就在警局大门不远处。

46.

内景。听证室。白天。

法官 警卫！

警卫进屋。

法官 （指着因疼痛而身体扭曲的菲利皮娜）带她去厕所。

女孩站起来，任由警卫押出听证室，来到厕所——菲利普早上去过的那个。警卫开锁，放菲利皮娜进去。她关上厕所门，透过门和地板间的空隙，警卫可以看到她穿着牛仔裤的腿。

47.

外景。警察局大楼对面的公园。白天。

电话亭里,艾瑞尔有点紧张地拨打纸上的电话号码。

电话里的声音 警察局总机,请讲。

艾瑞尔 (尽量模仿大人)请转354。

几声长长的转接音后,终于有人接起电话。

警卫 (电话里的声音)您好!

艾瑞尔 这里是李沛心脏外科中心,请问是否可以请卡桑德先生接电话。

警卫 (电话里的声音)我就是。

艾瑞尔 哦,太好了,我给您转给主任医生……请别挂,可能要等一会儿。

男孩推开门,留下悬空吊着的话筒,朝警察局大楼走去。

48.

内景。警察局大楼。白天。

警卫站在走廊转角的内线电话前,明显着急起来。

警卫 喂……喂……

没有人回答。警卫的位置看不见厕所,他又等了会儿,终于放下电话跑去查看是否一切正常。

还好,一切正常。地板上的空隙里有菲利皮娜不曾挪动的腿。他又回去电话那里。

警卫　喂……喂……

49.

内景。听证室。白天。

等待菲利皮娜的那些人在利用短暂的休息时间。警长在边上跟戴图章戒指的男人谈话，法官在打电话，菲利普则站在打开的窗前吃面包。

菲利普　法官大人！

他的音调好像很不安，法官和警长迅速跑到窗口。

菲利普　（用手指着）那里！

一个身影正快步穿过院子。距离稍远看不真切，只看见一身牛仔裤、运动鞋和宽松毛衣。

菲利普　是她吗？

警长匆匆扫一眼菲利普——貌似有点摸不着头脑，试图从男孩的表情上找出对这一突变的解释。戒指男毫不迟疑地从皮套中掏出手枪。

警长　收起来。

抄起自己的对讲机。

警长　（按通话键）你们在哪里？

对讲机　（声音很大，菲利普都能听见）……在后门口。

牛仔裤和毛衣的身影正从前门消失。

警长 （按键）快去前门，她快跑上大街了。

警长冲出屋子。

50.
内景。警察局大楼。白天。

尖利的警报声。警卫挂掉电话，跑到厕所——发现门开了，厕所间马桶前挂着两条塞在运动鞋里的牛仔裤腿。

51.
内景。警察局大楼。白天。

菲利皮娜坐电梯到顶楼，出来四下看看，然后展开菲利普画有示意图的纸条，转身走进旁边一条窄窄的楼道里。

52.
外景。警察局大楼临街。白天。

没走出警察局大门几米，艾瑞尔便脱掉毛衣，扔进了垃圾桶。他跑到街对面，将电话亭里悬吊着的话筒挂好。

他跳上一辆公交车——车启动时，警长才从警察局大门里跑出来,身后紧随着两个穿便衣的警察。

53.

内景。警察局大楼。白天。

菲利皮娜——继续按纸条上的指示——爬上一个很少有人用的小楼梯。在狭长的楼梯顶的天花板上,她发现一块铁门板,推开,爬出了顶楼。

阁楼很大,支着厚重的木梁,拱顶上有褪色的图案。角落里堆着些废弃的家具。地板上放着毯子、枕头、两瓶水以及侦察兵用的那种不锈钢杯子——所有的一切都来自菲利普放在边上的那个书包。

54.

内景。听证室。白天。

空空的听证室里,法官收起办公桌上的文件。

法官 (感觉不那么遗憾)看样子,今天应该结束了。

菲利普做个鬼脸,表示对此懵然不觉。

法官 ……或者说彻底结束了。

男孩把纸放进打印机。

菲利普 (对法官说)我刚记下最后的供词,明天会把所有记录交给您。

法官笑笑，走出房间。菲利普打开打印机。

55.
内景。阁楼。白天。

菲利普坐电梯到顶楼，推开天花板上的铁板，不安地探头张望。乍一眼里面是空的——满目是布满灰尘的空旷地板，暗处似乎什么都没有。他跨上几步，才发现柱子后面角落里躺着的菲利皮娜。

她在酣睡，身上盖着毯子，头枕着枕头。菲利普踮起脚尖走过去，蹲下，久久凝视她柔弱的身体。他看着她起伏的呼吸，胳膊的姿势，以及挂在脖子上的一缕头发，分外感动。他不想吵醒她，只是靠着旁边的沙发，慢慢睡着了。

56.
内景。阁楼。黄昏。

夕阳在老旧的灰色地板上投出红色条纹。站在窗前的菲利皮娜，正试图用脑袋挡住强烈的光线，不让它照射到熟睡中的菲利普脸上。

过了会儿，为了更有效地挡住光线，她走到沙发那里。她蹲下来，将男孩置于自己的阴影中，凝视着他那平稳翕动的柔软而年轻的双唇。

身体过于接近而产生的刺激，让她把手指放进菲利普异常宽大的手掌中。男孩条件反射似地握起，将她的手指握进拳头。

菲利皮娜温暖地微笑，用了很长时间想把手指抽出来。正当她快要成功时，菲利普的眼睛睁开了。

  菲利皮娜 （意大利语）你多大？

  菲利普 （意大利语）二十一岁。

  菲利皮娜 （意大利语）你像个婴儿一样攥住了我的手指。

菲利普笑。短暂的沉默。

  菲利皮娜 （意大利语）为什么要改变计划？

  菲利普 （意大利语）我还是喜欢说英语，似乎对我们更合适……。

菲利皮娜疑惑地看着他。

  菲利普 （意大利语）你知道……我小时候去过一家高尔夫俱乐部……那里只说英语。于是我整夜整夜地学英语……（笑），可还是没有通过他们的内部考试。

菲利皮娜微笑。

  菲利皮娜 （停了会，开始说英语）你为什么要改变计划？磁带里你说要我走后门，但留在厕所的纸条上……

菲利普 （停顿）我父亲常说，关键时刻要出其不意。

女孩脸上的表情显示，这个解释并不充分。

菲利普 ……从大门口走出去的是我弟弟，他们以为是你，而你那时已经坐电梯上了顶楼。

太阳越落越低，越来越难分辨细节。

菲利皮娜 你怎么知道这个阁楼的？

菲利普 我还很小的时候，经常整天待在这里……我父亲当时负责这片警区。

又一阵短暂的沉默。

菲利皮娜 你什么时候开始计划我逃跑的？

菲利普 从我明白他们在警局里销毁你的信后。他们故意这么做的。

菲利皮娜 你知道我为什么在录音机里只录了"同意"吗？

男孩不知道。她把脸凑近他的脸。

菲利皮娜 为什么我想跑？

沉默。

菲利皮娜 不是因为我怕惩罚……我杀了人，我愿意为此负责……但这之前，我想……（小声地）我想先杀了他……这就是为什么我同意逃跑。

菲利普 就因为这个？

天堂

女孩垂下眼帘。

菲利皮娜　我现在是这么觉得的……不确定。

菲利普　（平和地）你必须确定。

菲利皮娜　确定什么？

菲利普　确定你想杀了他。

57.

内景。警察局大楼。晚上。

警长办公室——房间不大，与听证室之间隔着单面镜。菲利普走到电话机前，照着纸条上的号码，拨通了Olcom电子公司秘书室，就是一开始菲利皮娜放炸弹的地方。

女秘书　Olcom电子公司，您好！

菲利普　晚上好，请问我是否可以和老板说话？

秘书　请问什么事情？

菲利普　我有非常重要的消息。

秘书　（略停顿）……维德斯先生这会儿不在。

沉默。

秘书　……请问我可以转达吗？

菲利普　……可以，可以。请告诉他，尽快给皮涅警长回电话，他在办公室。非常重要，请给警长办公室回电话。

透过电话能听见写字的声音。

秘书 维德斯先生知道号码吗?

菲利普 当然。

他挂掉电话,销毁纸条,朝办公桌走过去。这时候我们才发现,菲利皮娜也在。

菲利普拉开抽屉,找到一把小钥匙,打开保险柜。从柜子里取出一把手枪,安上消音器,装上子弹,一言不发把枪递给菲利皮娜。

电话响。

男人 维克托?

菲利普 警长想尽快和您见面。

男人 在哪?

菲利普 就在这里,办公室。

男人 我马上到。

沉默一会

男人 抓到她了吗?

菲利普 是的,(低声地)她在逃跑时被打成重伤。

58.

外景。办公室门前街道。夜晚。

一个刺猬头、戴墨镜的男士从灯火通明的写字楼里走出，上了一辆等在那的车。

男人 （对司机）送我去警察局，然后你下班吧。

汽车发动。

59.

内景。警察局大楼走廊。夜晚。

菲利普站在警长办公室门外。没等多久，墨镜男从走廊深处走来。

男人 （有点疑惑）……刚才楼下说警长不在。

菲利普 （镇定地）他刚才必须离开……她死了。

男人难掩兴奋。

菲利普 他请您在里面稍等。

打开门，男人走进办公室，立刻发现菲利皮娜拿枪对着他。

菲利皮娜 还认得我吗？

男人 是的。

男人想跑，但菲利普已经锁上门，并死死攥住了门把手。男人扳不动门把手，又从门前逃开，跑回菲利皮娜的方向。

可以听到无声的射击和玻璃碎裂的声音。菲利普等了几秒进屋。

60.

内景。警察局大楼房间。夜晚。

男人躺在墙脚——脸上有个大窟窿。尸体被无数玻璃碎片包围,是子弹打碎的单面镜碎片。

菲利皮娜仍拿枪对着他,手在发抖。

  菲利普 结束了。

从她手里拿下枪,擦了擦,拧下消音器又擦了擦,然后把所有东西放回保险柜。用钥匙锁好保险柜,擦好钥匙,关上抽屉。

  菲利皮娜 结束了。

  菲利普 结束了。

女孩坐在椅子上,在慢慢平复。

  菲利皮娜 (干巴巴地说)我留在这里……

菲利普看她低垂着头,走过去坐到她旁边的椅子上。

  菲利普 那我也留下。

沉默。女孩突然领悟,任何理性都无效,决定早已做下。

  菲利皮娜 (站起来)我们回去吧。

61.

内景。警察局大楼。夜晚。

电梯里,菲利皮娜蹲在地上,嘴角歪斜淌着细液。电梯停——女孩用袖子擦掉口水。

他们来到顶楼。菲利皮娜第一个走进去,没走几步就两腿发软。菲利普盖上铁板,在她倒地前一刻扶住她。他帮她站起来,带到毛毯那里,扶她躺下。

女孩缩起腿,菲利普给她盖上毯子,笨拙地抚摸她的头发。

菲利皮娜 什么也改变不了。

菲利普 什么也改变不了。

女孩合上眼。

菲利普 (稍停)你知道吗?……我觉得你可以带我去看看你出生的城市……你的学校、教堂……或者树……

菲利皮娜合着眼。

62.

内景。阁楼。白天。

阳光透过窗户,唤醒了他们。他们几乎同时睁眼。两人久久地看着对方,目不转睛。菲利皮娜的嘴角露出微微的笑意——菲利普回应她一个鬼脸。

他把手伸到头上方,拿来一瓶矿泉水递给她。菲利皮娜贪婪地喝了几口,还给菲利普。他缓缓将瓶口对准嘴,喝掉了剩下的水。

菲利皮娜 昨天我直接朝他脸开的枪,却一夜睡得很安稳,这么多年来第一次睡得这么安稳。怎么会这样?

菲利普 可能因为一切都结束了?

菲利皮娜 不……不是这样。

她把头放上枕头。

菲利皮娜 睡我旁边来。

外面楼下传来尖叫,各种不明噪音中又加入了救护车的啸叫。菲利皮娜跟着菲利普从毯子里出来,跑到窗口。

外面开进来两辆救护车,十几辆坐着便衣的轿车紧随其后。穿警服的警察在车辆间穿梭——即便从这么高都能轻易辨认出是那个警长,他正过度亢奋地将刚下车的人带向警局门口。

菲利普 (低声)这下谁也别想出去,所有人原地待命……(微笑)我们也是。

菲利皮娜离开窗口。

菲利普 他们肯定丝毫想不到……

菲利皮娜 (打断他)这里是不是有……那个?

菲利普 什么?

菲利皮娜 呃,那种隔间……我不知道是否有那种地方?

菲利普　厕所？

女孩点点头。菲利普带她到阁楼口，拉开铁板，指着走廊上的一个门。

菲利普　那个就是厕所和淋浴房。很久没人用，但是有水……（笑）我查过。

63.

内景。警察局大楼。白天。

菲利皮娜从不锈钢梯子上下来，在走廊里四下看看，打开了菲利普指给她的那扇门。里面很小：有洗脸盆、淋浴间和用薄板隔开的马桶。

菲利皮娜消失在墙后。

64.

内景。阁楼。白天。

菲利皮娜站在窗口，观察外面的动静。突然有女人走近的声音，从地板的缝隙透进来。她跑回去盖上铁板，从地板缝隙窥视。

两位穿着围裙的清洁工从走廊里电梯的方向走来。她们边走边兴致勃勃地聊天，走进了厕所旁边的那个门。很快听见她们洗刷水桶和倒粉末的声音。菲利普拉开铁板，很快又不得不关上。

两个清洁女工从工具间出来,来到厕所门口。

65.
内景。厕所。白天。
菲利皮娜在洗手,突然听到走廊里有动静。女孩看门口。门缝里有人影晃动。她下意识地躲到淋浴间的水泥墙后面,甚至忘了关掉水龙头。
几乎同时,两个清洁女工走进厕所,站到刚刚菲利皮娜逃离的洗脸盆前,卷起衣袖。

女1 你早上忘关水了……

女2 (小声说)……我应该很难走出阴影了……

菲利皮娜紧贴着淋浴间的墙,一动不动地听不速之客的交谈,无视老旧的喷淋头滴下的水。

女2 ……我一辈子都不会忘记那颗打烂的头。它变得……那么小……像只大苹果。

这位女士在久久地,久久地洗手。

女2 像两只苹果。

66.
内景。阁楼。白天。
厕所门开了。菲利普松了一口气。他刚做好最坏打算,准备随时出手。丝毫没有一惊一乍的清洁女工已

天堂

经来到走廊上,不紧不慢地朝电梯走去。

他从容地盖上铁板,回到窗前,从背包里找出一罐速溶咖啡。他把咖啡粉倒进不锈钢杯子,倒入凉水,放进勺子。又从口袋里找出一块巧克力,把它瓣成两半。

又一辆救护车的呼啸打断了他。他走到窗前——紧闭的大门被一群记者围住,门前还停了一辆警车,闪烁的蓝色警灯像蜂蜜一样黏住了想往门里冲的记者们。

紧盯住院子的菲利普没有注意到地板上的铁板在上升。

头发濡湿、只穿一件吊带衫的菲利皮娜,拿着剩下的衣服,无声地站到他背后。

菲利皮娜 (抚摸菲利普的脖子)是我。

她还想说些什么,可菲利普没有回头,指着警察局大院。

菲利普 那是我弟弟。

警车终于开进院子,警察将艾瑞尔带下车,押到大楼正门口。

菲利皮娜 ……我知道……他们会对他做什么?

菲利普 什么都做不了……他还不到十二岁,他们对他什么都不能做。

菲利皮娜　他知道吗?

菲利普耸耸肩。他想从窗口转过身来,菲利皮娜阻止了他。

菲利皮娜　别回头……我只穿了内衣,衣服都弄湿了。

菲利普闻言又转向窗口。

菲利皮娜　知道谁来过?

菲利普　谁?

菲利皮娜　我洗手的时候,突然听到有人。我刚来得及躲进淋浴间,进来两个女的,洗了洗手后走了。

菲利普　清洁工。

菲利皮娜　好像是……她俩中的一个在早上发现了那个脑袋上有窟窿的家伙。

菲利普　不好意思……我都忘了这茬。

菲利皮娜　……她说,她一辈子都会记得。

沉默。

菲利普　(想转移话题)我冲了咖啡。

菲利皮娜　等会,让我先把衣服穿上。

她用手指耷拉下菲利普的眼皮,走开。男孩闭眼站了几秒,转身,抬起眼皮。他看见菲利皮娜站着的背影,正往裸露的臀部上直接拉上牛仔裤。

天堂

女孩——似乎感觉到他的目光，回头。他们互相对视。

菲利普 （平静地说）你屁股像个苹果。

菲利皮娜 什么？

菲利普 据说女人的屁股……像苹果或者像梨。你的像苹果。

菲利皮娜还赤着脚，没穿毛衣，慢慢朝男孩走过来。

菲利皮娜 你想吻我吗？

菲利普 如果你爱我……我想。

女孩站着不动，将嘴唇慢慢凑近菲利普的，轻吻。有那么几秒——两人的手都放在各自身体两侧，没有接触——吻越来越深情。菲利皮娜移开嘴唇。

菲利皮娜 （低声）你在发抖？

菲利普 你爱我吗？

女孩没有回答，只是看着他的眼睛，再一次贴上他的嘴唇，猛烈亲吻。两人终于抱到一起——也许正因为这样，菲利皮娜才没有注意到亲吻的过程中男孩的身体正沿着墙边慢慢滑落。直到他重重地将她拽向自己时，女孩才脱开嘴唇。男孩此时已经蹲在墙脚。

菲利普 我有点头晕。

女孩在他身旁坐下。

菲利普　我有几次见过别人这样，但从没想到会头晕……

两人都笑了。

菲利皮娜　你生在哪里？什么时候？

菲利普　你不是知道嘛，我比你小一点。

菲利皮娜　告诉我。

菲利普　（像在课堂上回答问题）1979年9月27号在都灵。

沉默。

菲利皮娜　……能再重复一遍吗？

菲利普　1979年9月27号。

菲利皮娜　几点？

菲利普　早上。八点。

菲利皮娜笑了。

菲利皮娜　（停了一会儿）我清楚记得那时我在做什么……非常清楚。那天是我生日，也是我第一天去学校。妈妈送了我一条裙子，可是太大了……八点，开第一堂课。我坐在教室里，为自己有一条新裙子自豪又害羞，因为裙子太大了，生怕别人注意到……早上八点，就在你出生时，我为这一切哭了。

菲利普　你和我同一天生日？

女孩确认。

天堂

菲利普 真不可思议。

菲利皮娜 （耸耸肩）有好几百万人在9月27号这天出生呢。

菲利普 （稍停）但只有我们两个坐在这个阁楼上。

他用冷咖啡想把怀疑喝走——喝下的咖啡让他恶心得身体晃了一下,就这一瞬间,目光扫到了菲利皮娜晾在椅子上的毛衣。

67.

内景。警察局大楼。白天。

菲利普拿着两个空杯子从楼梯下到走廊,来到工具房前。门是开着的。他从一堆杯子和洗洁粉中找出电水壶——灌上水,插上电。

窗台那里有部内线电话。他走过去,拿起话筒,拨了三个数字。

电话里的声音 喂,您好。

菲利普 （快速又干脆地说）小艾瑞尔招出什么了吗?

电话里的声音 他说,他还没到十二岁,我们什么都不能对他做……是谁在说话?

菲利普沉默。

电话里的声音 （大声）谁在说话？

菲利普挂断电话。很快又重拨过去。

菲利普 （下了决心似地）你们打给我，电话不知道为什么总断。

电话里的声音 谁在说话？

男孩挂掉电话。来到烧开水的电水壶那里，拔掉插头，给杯子倒满开水。端着杯子爬梯子上去，推开铁板，递给阁楼里等着的菲利皮娜。

菲利皮娜 我到现在还不知道你叫什么？

菲利普 （站在梯子上）菲利普。

菲利皮娜 也是……我本该猜到的。

菲利普盖上铁板。

68.

内景。阁楼。白天。

穿好衣服的菲利普，趴在同样衣冠整齐的菲利皮娜身上。他们刚刚结束一场绵长又疲惫的吻，所以喘气比平时快。男孩的手悬在她的胸部上方。

菲利普 可以吗？

女孩点头。菲利普的手缓缓放下，隔着薄薄的内衣触摸她的乳房。他惊讶地发觉手下的乳头变硬了。菲利皮娜将菲利普的手放进内衣，他又呼吸急促起来，迫不及待地跟随菲利皮娜的导引。

接着,菲利普把手伸近她的皮带——这次女孩没有帮他,也没有阻止。男孩颤抖着手解开皮带——这时却发现,菲利皮娜躺在那里一动不动,只是近距离看着他。

菲利普　……你愿意吗?

菲利皮娜　(否定)

菲利普给她扣好皮带,整理好内衣,有点害羞地笑笑,把手放到菲利皮娜的头上。

菲利普　(抚摸她的头发)对不起。

69.

内景。阁楼。黄昏。

菲利普和菲利皮娜相拥着躺在毯子下面,地板上。

外面正迎来一场大雨。起初他们都并没注意,直到第一滴雨从屋顶的漏洞滴到菲利皮娜脸上,他们才猛地起身。屋顶像个筛子一样开始漏雨。菲利普赶紧动手收拾漏得最厉害的地方,用装咖啡的不锈钢杯子,用小刀切开的一个塑料瓶做接水桶。

情形得到控制。他看看窗外——城市上空有一片很大的乌云。再往下看,发现父亲正朝警局大门走来,好像丝毫不在乎大雨。

菲利普看看表。

菲利普　你来看。

女孩走到窗口。

菲利皮娜　是谁?

菲利普　我父亲,来接我弟弟……他们不能扣押他超过五点,我父亲清楚这点。

湿透的男人消失在大楼门洞里。

菲利普　(稍停)我希望什么时候能介绍他认识你。

菲利皮娜笑。

菲利普　你一定会喜欢他的。

菲利皮娜　(平静地说)不知道我们是否还来得及见其他人……认识其他人。

沉默。

菲利皮娜　……也许彼此会有点……

菲利普　你们会认识的,我保证。

他不说了——父亲正带着艾瑞尔走出警局大楼。男人搂住男孩的肩,并用大号的警用雨衣围住男孩的身体。

经过大门时,艾瑞尔停下,把目光投向街对面,那里有几辆卸货的大卡车。一辆汽车转进来,进到窗口视角看不到的院里。

70.

内景。阁楼。夜晚。

黑夜。菲利普从背包里取出手电筒,走到窗口。他看看表,将视线投向公园的方向。

稍后,他注意到远处灌木里的闪光。

菲利普 到了。

菲利皮娜 谁?

菲利普 小家伙……他会在十点时告诉我今天听到了什么。

菲利皮娜的表情显示,她不是很明白男孩会用什么方式和弟弟交流。

菲利普 (解释)我们都懂摩斯密码……因为我们一道参加过童子军。

女孩坐在菲利普旁边,和他一起注视着远处一闪一闪的光。

菲利皮娜 他在说什么?……你可以翻译给我听吗?

菲利普 他们对他什么都没做……(缓慢翻译着)而且他们什么都不知道。

接着他也开始闪灯。

菲利普 我告诉他让他回家……我会打电话的……

他想结束对话,但是艾瑞尔不同意。灌木丛中重新闪起新的信号。

菲利普 （解读）危险。

远方手电筒闪着灯,发出一段长信号。

菲利普 （缓慢翻译着）屋顶在装修……他们把屋顶瓦片和毡布扔到了院子里。

下面一句菲利普没有翻译。

菲利皮娜 （不安地问）他说什么?

菲利普 （不太情愿地回答）……通缉令。

灌木丛中的手电消失。菲利普和弟弟用三道闪灯告别,通讯完毕。

菲利普转身回到阁楼相对干爽的自己那边,探出侧窗,发现院里果真堆着瓦片和屋顶油毡布。

菲利普 我们必须离开这里。

菲利皮娜 （镇定地）你知道怎么做?

菲利普 知道。

菲利皮娜 ……那你知道去哪里吗?

男孩耸耸肩,不知道。

菲利皮娜 （沉吟一阵,笑）你昨天说让我带你去看几个地方……

71.

内景。阁楼。晚上。

天堂

菲利普 最好早上5点左右走。

他盖上毯子,在菲利皮娜身旁躺下。

菲利皮娜 抱抱我。

菲利普抱住她。

菲利皮娜 再紧一点。

菲利普完全拢住她——菲利皮娜的身体软软靠着,两人紧紧相拥。

菲利皮娜 (耳语)你醒得过来吗?……我们没有闹钟。

菲利普 可以,五点差十分。

菲利皮娜 怎么做到的?

菲利普 因为我想五点差十分醒。

菲利皮娜点点头,明白了,沉默。

菲利皮娜 ……他们说的电梯是真的吗?……还有那两个孩子?

菲利普 (温柔地)睡吧。

72.

内景。菲利普家。晚上。

小街边一栋低矮的联排别墅,黑黢黢,只有客厅里亮着微光。

全身湿透的艾瑞尔跳过篱笆,倚到墙脚,动作麻利又熟门熟路，循着避雷针和屋檐，爬到自己卧室敞开的窗户。

他爬进窗户，脱掉湿漉漉的鞋，打开夜间灯。

父亲坐在床边。两人对视一阵——艾瑞尔没坚持住，转开视线。

父亲 （低声地）把它脱了……（指指湿透的衣服）……你会感冒的。

男孩听话地脱下防雨夹克。父亲起身接下，拧干水，挂到椅子上。父亲又收拾好衬衣和紧身衣。

父亲 我给你倒杯温水。

他朝卫生间走去，没走几步，又停在门口。

父亲 你不想和我说点什么吗？

艾瑞尔 （低声地）爸爸……现在还不是时候……

父亲走出房间。男孩脱光衣服，只留一条短裤。此时我们才发现他有多瘦，肩胛骨几乎从皮肤里钻出来。他打算去卫生间，又想起菲利普送的手表——便把表从手腕上取下，小心地放到桌上，走出去。

父亲回到房间。走到艾瑞尔刚才脱衣服的地方，跪下擦掉地板上两只脚印留下的水渍。他起身整理裤子，收好袜子。经过桌子时，他看见上面的斯沃琪手表。他拿起手表，注视着彩色表盘，明显感触，然后不由自主地转动机械装置。没拨动几下想起来，斯沃琪用

天堂

的电池。他放下表，关灯，走出房间。

73.

内景。警察局大楼。黎明。

菲利普打开铁板——尽管很早，他还是先听下动静，确认楼道里没人——安静。他站在梯子上，将背包从阁楼上拖出来，下到走廊里。他的身边很快出现了菲利皮娜。两人一起走到工具房，打开门，迅速溜进去。

菲利普提起电话，等外线接通，拨出号码。

  父亲 喂，您好。

  菲利普 爸爸，对不起，把你吵醒了，是我。

  父亲 你没吵醒我……电话一直被窃听。

  菲利普 我知道……我只想告诉你，我还活着。我们现在在法国……我现在很幸福。

他挂上电话，背上背包。

  菲利普 （笑着对菲利皮娜说）他没睡……他在等电话。

74.

内景。警察局大楼。黎明。

他们走出工具间，从边上的应急楼梯下去。下到某一层时，菲利普伸头示意一下菲利皮娜，走廊尽头，巨大的栅栏下面，睡着一个警卫。

菲利普　（耳语）你在那里待过。

他们继续往前走，楼梯又陡又曲折，明显很少有人走这里。他们穿过一条狭窄的过道，来到一个可以容纳几十辆车的车库门口。车库门开着，很宽，足够停两辆大卡车：透过大门可以看见卸货通道，三部载货电梯，以及深处的后院。

突然，一辆警车高速开进大院。菲利普和菲利皮娜身体紧贴住车库的墙。警长从车上跳下，三名穿着防弹衣的突击队员从一个兵营模样的大楼里跑出来，紧跟上他。所有人歪着头走向刚发动的直升机。登机，直升机发出巨大的轰鸣，扬起一片尘土，升空。与此同时，一辆中型货车驶入车库。

菲利普　（指着突击队员刚跑出的那栋大楼）这种狙击手，这里住着五十个……

货车司机很有型，大概刚过30岁，拉开后车门，拎出几个奶桶。

菲利普　（笑着）……而且他们所有人都喝牛奶。

货车司机叽叽歪歪，骂着脏话，将奶桶搬到电梯前的卸货坡道上。菲利普趁司机走远，拉起女孩，一路小

天堂

跑跳上货车。他们躲到车厢最靠里一排奶桶后面,紧贴着驾驶室的位置。

货车司机回来,看都没看车箱里面,关上门,坐上驾驶座开走了。汽车畅通无阻地从日夜安检的车库大门驶出,一刻没停便穿过警局大门上了马路。

75.

内景。货车。白天。

货车在都灵的街上转来转去。几分钟后,菲利普已经足够有信心从躲藏的地方起身。他打开一桶牛奶,从背包里取出不锈钢杯子,灌满。他把杯子递给菲利皮娜,自己也接过来喝。

突然,货车在一个红绿灯口停下,转进旁边的小街。我们不一会儿发现,他们在慢慢驶近一座黑压压的大监狱。货车在监狱大门口停下。

菲利普 （惊恐地）我原先不知道……

但货车只开进第一道门,便转了一圈,停在厨房门口。货车司机重复自己的工作——搬出满载的奶桶,送进厨房。

一个警卫走到敞开的车厢门口,一只脚踩上踏板,打了个哈欠。逃犯们大气不敢出。警卫系好鞋带走开了。

货车司机回来，扔上空奶桶，关上门，驶出了监狱。

菲利普 （耳语）他现在去农场，要出城40公里。

76.

内景。货车。白天。

货车在郊区一幢高高的楼房前停下。司机按喇叭，一声短，两声长，然后开走。他把车停在楼房背后小道边，一个破旧不堪的车库里。

房子后门走出一个身穿前排扣连衣裙的清瘦女子。她四下张望是否有人，然后放心地跑向货车。她坐到副驾驶座位，关上车门，二话不说解开裙子。货车司机立马脱下裤子，重重地压到女人身上。

这一切就在菲利普和菲利皮娜的眼皮底下进行——驾驶室的后窗大玻璃提供了宽阔的视野，司机硕大的臀部和女人张开的腿，跟逃犯的脸相距只有十几厘米。动弹不得的菲利皮娜闭上了眼睛。女人发出呻吟时，菲利皮娜堵上了耳朵。

女人 可以吗？

司机 （点点头）

女人 （有节奏地大叫）干我，对，干我。

女人的叫声越来越响，整个货车开始晃动。

天堂

女人 对，对……就这样……对。

菲利皮娜把头埋进两腿之间。菲利普扶着她的后颈。

女人 啊啊啊！！！

终于，司机怒吼着结束了，他们躺在那里大口喘了一阵，女人二话没说下车回家了。

司机系上裤子，在座位上坐好，打开窗，哼起奇怪的小曲，发动了引擎。

77.

内景/外景。货车。白天。

货车开出都灵市，几分钟便来到一个阿尔卑斯山区小镇。经过一个不大的火车站，木造教堂，在红绿灯亮起红灯时停下。

红绿灯变灯——货车启动。司机很快注意到后面有辆福特车在追，不停地挑大灯。他减慢速度，等小车与驾驶室平行，他朝小车方向倾过身去。

福特司机 （大喊）您的后车厢开了！

货车司机把车停下，下车——后门还在铰链上摆动，奶桶在车厢里滚动。里面没人。

78.

内景/外景。火车。白天。

菲利普和菲利皮娜飞奔出火车站，跃过站台，跳上已经开动的城际列车。他们找了一会儿空包间——没有成功，每个包间都有几个人。终于，在最后一节车厢找到一个几乎空的包间。他们坐到一位老爷爷对面。老爷爷用帽子遮住眼睛，昏昏欲睡。

菲利普把背包放到行李架上，拥抱微笑的菲利皮娜。这时老爷爷的眼睛睁开了，审视着对面的乘客。他有一张晒黑的脸，苍老的双手和几近透明的淡蓝色眼睛。他严厉地盯着他俩，让菲利普有点不自在。幸运的是，老人又把眼睛闭上了。

菲利普 （耳语）我们走吧。

他们一边注视老爷爷一边默默起身。

老爷爷 （闭着眼）女士您坐……您坐……

老爷爷语速很慢，很平和，音量不高。

老爷爷 如果是我，我会把那个混蛋打成碎片。

79.

外景。托斯卡纳群山。白天。

火车在一个更大的山丘上艰难爬行，越过形形色色的桥梁和频频出现的高架桥。下午的晚些时候，它爬上高点，又沿着山脊，迎着阳光往山下明媚的绿谷驶去。

80.

外景。蒙蒂普尔恰诺。黄昏。

菲利普和菲利皮娜走在一条窄窄的田野小径上。循着他们的目光可以清晰看到，远处的山上有一座古城，身披夕阳淡淡的余晖。菲利皮娜驻足而望，似乎想留住这份安宁，就像她眼中凝固的这段风景一样。

菲利皮娜 本来……一切都不该发生……

男孩站在女孩身旁。

菲利普 就是这里？[1]

菲利皮娜 （点点头）……是的，就是这里。

两人在路边坐下。菲利普从背包里取出两个三明治和一瓶矿泉水。饿坏的菲利皮娜迅速啃起三明治。

菲利普 嫁给我好吗？

菲利皮娜 （嘴里囫囵着三明治）……好。

菲利普 今天？

沉默一会儿。

菲利皮娜 （点头）今天或者明天……

81.

外景。蒙蒂普尔恰诺。清晨。

---

[1] 指古城所包含的菲利皮娜所有儿时记忆。

郊外小径。菲利皮娜在墓园的矮墙边停下，指着一块简单干净的墓地。

菲利皮娜　那里躺着我妈妈。

菲利普　想过去坐坐吗？

菲利皮娜拒绝了。继续走。走出一段，又转头看身后的菲利普。

菲利皮娜　（边走边说）每次想起她，都是我回家时她站在楼梯上微笑着迎接我的样子。

菲利普没有接话。

菲利皮娜　（继续走）就这么张开手……很随意的那样……

菲利皮娜停下。

菲利皮娜　（稍停）你知道吗？她在这里住了那么多年，意大利语却从没说好过。

树枝上，就在她耳边，落下一只燕子。

菲利皮娜　看，鸟。

菲利普　是燕子……（温柔地说）英语叫……

82.

内景。教堂。白天。

菲利普和菲利皮娜推开重重的钢制门，走进主教座堂。

教堂很大，里面虽然空空的，但感觉很安详。菲利普和菲利皮娜站在主祭坛前。

菲利皮娜　小时候，我每个周日都坐在这里。

两个年龄偏大的黑衣妇女，点亮祭坛前的蜡烛，跪下祷告。

菲利皮娜　我以前就在这里忏悔。

她停下，若有所思地望着某间告解室。

菲利皮娜　（稍停）抱歉。

她从木椅间走过去，跪在告解室里的阴影中，垂下头。

菲利普坐在教堂另一头，看见几个妇女在忙碌，在为侧坛布置鲜花……他将目光移向彩绘玻璃，然后又看回这些妇女。

菲利皮娜跪祷的告解室门猛地被打开，一个胖乎乎的十岁男孩从里面跳出来，头也不回地跑向某个忙碌中的妇女。他的大脚在石头地板上踩出一下又一下踢踏声。

妇女　（对孙子喊）不要在教堂里奔跑。

男孩藏到奶奶身后偷看是否有人追上来。奶奶也望了望告解室，没发现什么损坏，继续忙去了。

寂静。菲利皮娜站起身，用目光找到菲利普，几秒钟后坐到他旁边的木椅上。

菲利皮娜　我刚忏悔到一半……

她注视着祭坛跑来跑去的男孩。

菲利皮娜　不可思议……他的耳朵像老人。

寂静。

菲利普　（指指其他几个告解室）你试试那边的。

菲利皮娜起身,瞅瞅里面,回来了。

菲利皮娜　空的

沉默。那两个黑衣妇女结束祷告,走出了教堂。

菲利皮娜　（低声）我想完成忏悔……可以对着你说吗？

菲利普　你觉得一样吗？

菲利皮娜沉思。

菲利皮娜　我觉得一样。

菲利普　你说到哪了？

菲利皮娜　（如释重负）我说我有十五年没忏悔。我说我做了很多愚蠢和伤害别人的事,对父母和姐姐撒过不少谎……我婚后出轨过,然后我没有尽我所能救自己的丈夫……

菲利皮娜声音很轻,没看菲利普的眼睛。

菲利皮娜　……其实,我不知道,一个人能做到尽其所能吗？

菲利普低下头,并没意识到自己已经坐成了告解倾听者的姿势。

菲利皮娜 我后来做了什么你都知道，不重复了……可我害死了四个人，无法忍受自己还活着……我永远无法接受，即便里面没有孩子……

男孩闭上眼睛，他要承担的比他想象的要沉重。

菲利皮娜 我开枪打死了那个混蛋……这个你也知道。你不知道的是，我失去了信仰。

菲利普 （抬起视线）什么信仰？

菲利皮娜 相信意义……相信公正，相信每个生命都是必要的。

菲利皮娜的眼泪，像听证室里那样，顺着鼻梁往下淌。

菲利普 （伸手）我是爱你的。

菲利皮娜 我也是。我会爱你到生命的尽头……只是希望这个尽头能早点到来。

83.

外景。蒙提普尔恰诺。白天。

菲利皮娜带菲利普看自己的学校。城市古旧，这座新建筑显得有点扎眼。

他们走在菲利皮娜小时候回家的路上。街道窄窄的，涂有铁锈色漆的墙壁好多在太阳底下已经褪色。

菲利皮娜 （不太确定）这个转角后面。

她放慢步子，站到一块大石头边上。石头在一个街角的大门里。

菲利皮娜 每次忘带钥匙，我就坐在这里等妈妈从城里回来。

她正要带菲利普去看小时候住的房子，菲利普猛地停下，退到街角后面。那条宽宽的街道对面，那个房子前停着一辆汽车。里面有三个男人在睡觉。

菲利普 他们在。

84.

内景。理发店。白天。

小理发店。两把椅子、两面镜子和一个宽大的水盆。理发师——一个眼看过了五十岁的男人——带着明显嫌恶的表情给菲利皮娜剃光头。女孩在窃笑，时不时看一眼坐在窗口，一样剃成光头的菲利普。

85.

外景。蒙蒂普尔恰诺市场。白天。

广场上有婚礼在举行。新郎新娘从教堂里款步走出，上百位宾朋好友排成一列，从教堂一直延伸到摆满装饰的广场。新郎新娘旁边跟着雷吉娜，她是伴娘。

86.

外景。蒙蒂普尔恰诺市场。白天。

色彩缤纷的咖啡厅——花园。菲利皮娜坐在遮阳伞下。从她的位置能看到教堂,她在观察教堂前的婚礼。她从人群中认出了雷吉娜。

菲利普拿着两大份冰激凌从酒吧出来。

菲利普 是这个?

女孩确认是,但还想确认一下味道是否变了。

菲利皮娜 (微笑)就是这个,还是那个味道。

他们吃起来。

一会儿,有三个广场巡警走进花园。两个逃犯不慌不忙地看着他们,不太礼貌地直视警察——警察离开,漠然地看他们一眼。

菲利皮娜 (指冰激凌)怎么样?

菲利普 全世界最好吃的。

菲利皮娜盯着对面新婚夫妇随行的雷吉娜。

菲利皮娜 那是我好朋友。

菲利普转头看她手指的方向。

菲利普 你信任她?

菲利皮娜 (点点头)

菲利普 那你问问她,他们是否也去过她那里?

菲利皮娜起身,穿过人流走向雷吉娜。

菲利皮娜 （仰起头）还认识我吗？

雷吉娜只犹豫了一秒，用头示意一下菲利皮娜，便朝一辆高高的货车后面走去。菲利皮娜跟在后面。

雷吉娜站在小街拐角，在那里投入了菲利皮娜的怀抱。

雷吉娜 你干的好事啊？

菲利皮娜 别哭。

雷吉娜 你干的好事！

她边哭边说。

雷吉娜 他们坐直升机来过农场。

菲利皮娜再次抱紧她。雷吉娜很快不哭了。

雷吉娜 （浅笑）发型不错。

沉默一会儿。

菲利皮娜 我们想在你那里过一夜，我们没钱了。

雷吉娜 （确定地）他们会来抓你们的！

菲利皮娜 （沉着地）是的。

87.

外景。蒙蒂普尔恰诺市场。白天。

等菲利皮娜坐回桌前自己的位子，菲利普刚好吃完冰激凌。

菲利皮娜 我们有地方洗澡了。

菲利普赞许地笑笑,看看表,放下盘子。

菲利普　我得打个电话。

菲利皮娜　(吃惊地问)给谁?

菲利普　……我曾经向你许诺过……

88.

外景。蒙蒂普尔恰诺广场。白天。

广场出来的一条小街。菲利普站在墙边,头藏在一个明黄色的电话亭里,拨出一个多位数号码。

电话里的声音　(女人的声音)YMCA,您好。

菲利普　您好,我是艾瑞尔·波提切利。我儿子艾瑞尔,今天在你们的模型室上课。请问能让他接听一下电话吗?

电话里的声音　稍等。

趁女士去找他弟弟,菲利普警惕地扫了眼四周。没有发现任何让人不安的迹象。

艾瑞尔　喂,爸爸?

菲利普　别紧张,是我,菲利普,你假装在和爸爸说话。

艾瑞尔　好的,爸爸。

菲利普　你大声说一句:那我早点回去,爸爸。

艾瑞尔　(镇定又大声)那我早点回去,爸爸。

菲利普 现在听好，你转告爸爸，两个小时后给我回电话，打这个公用号码（查看电话机），67191410。不要念出来，一定记住它。这很容易，前面两个数字是我们家的门牌号，后面是第一次世界大战爆发的年份，就结尾那个10要硬记，你记住了吗？

艾瑞尔 是的。

菲利普 确定吗？

艾瑞尔 是的。

菲利普 那你复述一遍"好的，爸爸"，然后挂电话。我两个小时后会在这里等。一点十分。

艾瑞尔 好的，爸爸。

通话结束。菲利普挂上电话，回广场，半路发现菲利皮娜正朝他走来。菲利普微笑，她飞奔过来，几分钟不见就如隔三秋似的。

两人离开广场。他们还好离开，才没看见那两个曾经无视他们的警察正返回广场，明显是来搜捕两个光头青年。

89.

外景。蒙蒂普尔恰诺市场。白天。

菲利普和菲利皮娜坐在街边明黄色电话亭的电话机下方，男孩在不失时机地轻吻女孩的一根根手指头。

电话响,菲利普看看手表,起身摘下话筒。

父亲 喂。

菲利普 嗯,爸爸,是我。

父亲 我甩掉他们了,没人知道我在打电话。

父亲的语气里颇有成就感。

菲利普 我们在蒙蒂普尔恰诺,我想和您见面……我们想和您见面。

父亲 我也想。

沉默。

父亲 我去租辆汽车……你还需要什么吗?

菲利普 不,我就需要您……您几点能来?

父亲 (估摸下)……五点,五点半。

菲利普 五点?

父亲 好,到什么地方?

菲利皮娜在菲利普面前打开了一张蒙蒂普尔恰诺的地图。

菲利普 (看着地图)进城前有一个通往高速公路的岔口……

90.

外景。蒙蒂普尔恰诺医院。白天。

一个有历史的大公园,环抱着市级医院的古典风格大楼。傍晚的这个时候，这里聚集着众多康复病人和开怀大笑的家属。温暖、明媚，树影悠长地躺在精心修剪过的草地上。

父亲停好车，拿出一个塑料袋，关上车门，走进公园。他没看见菲利普，便按照常规线路，在公园主道上漫步。几分钟后，他经过一个光头女孩，和一个同样光头、背着身的男孩。

菲利普 爸。

父亲停下脚步，寻找声音的来源——没有成功。菲利普转过身来，微笑。

父亲 （低声）你怎么变成这样？

菲利普 （不自信地）我们稍稍做了些改变。

父亲微笑，紧紧握住他的手。

菲利普 爸……这是菲利皮娜。

菲利皮娜像小女生一样敬礼。父亲注视着菲利皮娜的眼睛，指指公园的长椅。

他们坐下，父亲从口袋里取出一个信封。

父亲 （递给菲利普）我给你们带了点钱，还有这个……

将塑料袋放到儿子膝上。菲利普摸了摸，感觉得出枪的形状。

父亲 （低声）你们要吗？

菲利普 （拒绝）不。

语气很镇定，跟当下的严肃气氛吻合。将塑料袋还给父亲。

父亲 很好。

沉默。

菲利普 我们现在该怎么做，爸？

父亲拿出一根烟，点上。

菲利普 您不是不抽烟的吗？

父亲 现在抽了……（吸了几口）。现在全国大搜捕，很严厉。我来的路上有四辆警车超越我，都是开往这里的……高速公路的另一个方向的出口也都设了岗哨。我担心普通道路上也会有。他们在监视我，而且已经很肯定你们在这里。

他又吸了几口烟。

父亲 如果你们跟我一道走，或许还有点机会，他们不会朝你们开枪，因为我也在车里。

菲利皮娜 机会多少？

父亲 一半一半。

菲利皮娜 （思考一下）我不会和您走……但是我想，很想让您把菲利普带走。

父亲 他跟我说……（用头示意菲利普的方向）……他说，他爱您。

菲利皮娜 （确定地）他爱我。

父亲 那您呢？

菲利皮娜沉默良久，低下头，又抬起头，看着菲利普。

菲利皮娜 我也是。

菲利普被这告白感动了，闭上眼。

沉默。

菲利普 我不会和您一起走，爸爸……

父亲 我知道，我对你还是有点了解的。

沉默。他抬起头，看着菲利皮娜。

父亲 您知道为什么关键时候我们总是什么都做不了？

菲利皮娜 （垂目，不知道）

老男人站起身。

父亲 如果不是为了……我会和你们留在一起……但是我不能。

菲利普 （点头）您不能。

菲利普从椅子上站起，菲利皮娜也一道站起。父亲握住她手，把她拉到身前，亲吻一下她的脸颊。女孩没有拒绝这个吻。

他走向儿子，把他拥到怀里，原地站着，不动。

菲利普 （想到弟弟）替我吻他，抱他。

父亲点头,久久不放开儿子,一定是自己的眼角泛出泪光。他又紧抱他一下,头也不回朝停车场方向走去。

菲利皮娜 (稍停)你说得对。

菲利普 什么?

菲利皮娜 你父亲。

菲利普久久凝视父亲离去的方向。

91.

外景。蒙蒂普尔恰诺郊外的农场。黄昏。

郊外的农场 一幢大农舍,院子里有几爿农具屋和有序排列的农机。

菲利皮娜和菲利普穿过栅栏。农舍的窗户开着,让他们得以默默观看一会儿这家人的生活:胖胖的女人在准备晚餐;两个女孩在写作业,但明显在相互讲笑话,因为隔一会儿两人就会突然大笑一番;一个比菲利普稍大些的男孩正准备出门。

正在帮母亲准备晚餐的雷吉娜注意到了客人。她停下手上的活,对妈妈说了句什么便走出房子。他们在栅栏边见面。

雷吉娜 我希望你们不要来的……

菲利皮娜 我们还是来了。

沉默。雷吉娜看看四周，指着马厩后面的一个小屋。

雷吉娜 那里有淋浴间。

她带他们兜了个圈子，朝小屋走去。

雷吉娜 （边走边说）我给你们准备晚餐，你们可以在上面那层睡觉，有床垫和毯子……

他们走到门口。雷吉娜打开锁，让他们进去。

雷吉娜 （站在门角）我五点叫醒你们，那会儿天亮了。

92.

内景。马厩后面的小屋。夜晚。

菲利皮娜裹着大大的浴巾，菲利普顶着一头湿湿的头发，正在结束晚餐。他们吃完最后几口面包和奶酪，喝完了大杯子里的牛奶。

两人坐到墙脚，相互深深地凝视。

菲利普 今天？

他刚喝完牛奶，鼻子下面有一圈白色的胡须。

菲利皮娜 （点头）是的，现在。

男孩从背包里拿出折叠小刀，慢慢用指甲尖翘起开口，从手柄上拉出细长的刀片。桌子上方有个裸露的低功率灯泡在单调地晃动。

菲利普 给我你的手指。

菲利皮娜　……哪根？

菲利普　中指。

菲利皮娜小心地伸出手指——菲利普用短促的动作刺破她的指尖。再用同样的方法刺破自己的手指，把它放到菲利皮娜的唇前。菲利皮娜也同样把自己的放到菲利普的唇前。

室内肃静。两人互相轻吮对方的手指，吞下一滴接一滴对方的血……放松下来。

菲利皮娜　你从哪里知道这么做的？

菲利普　我自己想出来的……

他闭上眼睛几秒，又睁开。

菲利普　但就是这样的。

菲利皮娜拉近他，温柔地吻他。双方都能体会到嘴里又甜又苦的血腥味。菲利皮娜歪下头去，菲利普闭着眼睛，用微微颤抖的手抚摸她裸露的肩膀。

两人的呼吸急促起来。菲利普的手往下滑动，摸索到女孩浴巾上打的结，当菲利皮娜感觉到男孩下一秒就要把它弄开时，将他推开了。

两人沉默。菲利普的呼吸渐渐平复。

菲利皮娜　别在这里。

菲利普　为什么？

菲利皮娜　警察昨天来过这里，今天也许还会来……我不想到时候两个人赤身裸体。

沉默。

  菲利普 你早就知道?

  菲利皮娜 是的

  菲利普 所以我们才来这里?

  菲利皮娜 是的。

沉默。

  菲利普 (一头雾水)那为什么现在…

  菲利皮娜 (打断他)我原先不知道……现在我可以肯定……

93.

外景。农场前的果园。夜晚。

菲利普和菲利皮娜——穿好衣服,没有带上背包和塑料袋……悄无声息地开门,偷偷溜出小屋。

四下漆黑。院子里大雾弥漫。他们看上去不像人,更像是修剪均匀的低矮草丛中移动的影子。他们来到栅栏,摸到栅栏门,走进了后面的果园。

四下无人。他们沿着橄榄树林边缘往前走。托斯卡纳适逢成熟的秋天,树上挂满果实,树下也落叶纷纷。他们不想树叶的动静太大,便绕开原路,从长满乱草的高草地穿过,来到几棵老苹果树下。

菲利皮娜停在一块摇摇欲坠的木栅栏前，它隔开了果园和一条人迹罕至的野径。她脱下衬衣、鞋子、长裤和内裤。菲利普在她身旁模仿她的动作，也脱下了衣服。黑暗和迷雾中，他们的动作缓慢又庄严。

他们相向而立，脸对着脸。赤裸着，直直站着，中间隔着不属于任何一方的一米空隙。他们已经准备就绪，所以异常平静。

菲利普伸出手，抚摸她的胸部。像盲人一样摸索她的身体。

过了会儿，女孩将他轻轻拉近。两个身体相拥，仍是站着，慢慢交织在一起。有十几秒，他们在彼此熟悉对方的身体，搂抱，抚摸，最后倒在草地上，隐没在高高的草丛里。

94.

外景。果园。晚上，近黎明。

几辆车沿着田路靠近农场，车灯将他们晃醒。汽车到达木栅栏后关掉大灯，又往前行驶几十米，在离大农舍很近的地方停下。车上下来十几名警察，无声地朝大农舍包围过去。

菲利皮娜猛地从草地上坐起，套上衬衣，迅速找出其他衣服穿上。菲利普自动跟随她的动作。几秒钟后，他们匍匐到栅栏前,贴着栅栏挪动身子,找到最有利的观察点。

可以听见直升机从空中飞近的声音。与此同时,一记异常清晰的步话机指令后,汽车同时打开所有车灯——车顶上警灯闪烁(红蓝爆闪灯),聚光灯和探照灯同时亮起。此时我们才看清,所有警察都全副武装,子弹上膛声清脆可闻,直升机在距离逃犯十几米的地方着陆,更给整个场面增添了奇幻感。直升机的轰鸣和飞扬的尘土中,警长跳出机舱,身后跟着六名特警。下一步行动开始。

警长冲向农舍,破门,在突击队员掩护下冲进里面。车上下来的警察在冲破其他屋子的门——包括菲利普和菲利皮娜刚用过晚餐的小屋门。

飞行员对这次的行动规模和效率很着迷,关掉引擎,下飞机,慢慢走近事发中心。

菲利普和菲利皮娜藏在草丛里,从木栅栏后面观察警察的行动。

菲利普 你想去那里吗?

菲利皮娜深思。

菲利皮娜 (摇头)不。

菲利普 过一天?

菲利皮娜 (微笑)也许两天?

警长从小屋里出来，无奈地环顾四周，用高音喇叭勒令逃犯现身。

菲利普 （平静地）一天不难……我们可以试试。

他给女孩指了指飞行员留下的空直升机。

菲利皮娜 你行吗？

菲利普 （看着女孩）你爱我吗？

菲利皮娜 你不是知道嘛。

他们开始行动。高高的草丛，深黑的夜，喧闹的四周，让这一切变得更容易。不一会儿，他们已经匍匐到直升机边，神不知鬼不觉地溜进了机舱。

突击队员们奔进奔出，将农舍里的人带出来。女人们还穿着睡衣，个个惊慌失措。

警长 （即便离得很近，仍用高音喇叭大喊）他们在哪？……（对着雷吉娜吼叫）你把他们藏哪了？

菲利普定神，闭眼，手在空中比划，努力回忆从飞行学校学到的那些。菲利皮娜专注地观看着这次不寻常的飞行模拟——而且发现，混乱的农场和专注的菲利普之间形成巨大的反差。

过一会儿，菲利普睁开眼，看着菲利皮娜。

菲利普 我们试试？

菲利皮娜 （下决定）嗯。

菲利普启动发动机，螺旋桨开始旋转——奇怪的是，直到这会儿也没人有反应。发动机曲速驱动的声音已经非常大,足以引起飞行员的注意。他转过身来,看见旋转的螺旋桨和机舱里的不速之客,立刻朝直升机飞奔过来。

飞行员已经迫近,菲利普已经成功推起正确的操纵杆,直升机先是不太肯定,在思考自己命运似的,慢悠悠地升空。飞行员掏枪射击。子弹在直升机的底盘反弹。

枪声让警察停止搜寻,都急急跑过来协助飞行员。跑在最前面的警长,从一名突击队员手里夺过武器,朝直升机射击。没有射中。其他警察也开始帮忙射击。

警长 （大叫）关掉警报器……

天空是海蓝色,已近黎明,晨曦微露。子弹从直升机的金属板上弹回,溅出短促的火花。

警报器停止呼啸。

警长 窗口……射窗口!……

直升机越升越高。子弹很快已经打不到直升机,警察停止了射击。警长也打光了子弹,所有射击停止。

彻底安静。

飞行员 （小声嘟囔）他不能飞那么高……

转身看向身旁的警长。

飞行员 （指着直升机）他不能这么干……

天堂

直升机仍在飞,而且越飞越高。警长、警察、雷吉娜、她的妈妈和兄弟姐妹都抬头看着直升机。

这架直升机在一段时间里仍可以看见,也同时在蔚蓝的天空中渐渐消失。它底部的灯看似一颗高挂云天,众人仰视的星。

《天堂》（波兰语：Niebo，原波兰语名：Raj）是计划于1993年的系列电影的第一部，该系列包括"天堂"、"地狱"、"炼狱"。由于基耶斯洛夫斯基的突然离世，"天堂"因此成为他和皮耶谢维奇共同合作的最后一部作品，而《地狱》和《炼狱》将被迫由皮耶谢维奇在没有他这位朋友的情况下创作。

《天堂》由德国电影制片人汤姆·提克威导演，主要角色由澳大利亚女演员凯特·布兰切特和意大利演员吉奥瓦尼·瑞比西出演。

图书在版编目（CIP）数据

基耶斯洛夫斯基&皮耶谢维奇电影剧本集 / (波) 克日什托夫·基耶斯洛夫斯基, (波) 克日什托夫·皮耶谢维奇著；王方主编；杨懿晶等译. -- 上海：上海文艺出版社，2023（2023.6重印）
ISBN 978-7-5321-8522-1

Ⅰ.①基… Ⅱ.①克… ②克… ③王… ④杨… Ⅲ.①电影剧本-作品集-波兰-现代 Ⅳ. I513.35

中国版本图书馆CIP数据核字(2022)第236000号

Copyright © Krzysztof Kieślowski & Krzysztof Piesiewicz
Published by arrangement with Krzysztof Piesiewicz, Maria Kieślowska and Marta Hryniak
ALL RIGHTS RESERVED
著作权合同登记图字：09-2020-130号 09-2020-131号 09-2020-132号

发 行 人：毕　胜
主　　编：王　方
责任编辑：胡远行　胡曦露
装帧设计：朱云雁

书　　名：基耶斯洛夫斯基&皮耶谢维奇电影剧本集
作　　者：[波] 克日什托夫·基耶斯洛夫斯基
　　　　　[波] 克日什托夫·皮耶谢维奇
主　　编：王　方
译　　者：杨懿晶 等
出　　版：上海世纪出版集团　上海文艺出版社
地　　址：上海市闵行区号景路159弄A座2楼 201101
发　　行：上海文艺出版社发行中心
　　　　　上海市闵行区号景路159弄A座2楼206室 201101 www.ewen.co
印　　刷：苏州市越洋印刷有限公司
开　　本：889×1092 1/32
印　　张：35.25
插　　页：6
字　　数：571,000
印　　次：2023年2月第1版 2023年6月第2次印刷
Ｉ Ｓ Ｂ Ｎ：978-7-5321-8522-1/J.0584
定　　价：238.00元 (全三册)
告 读 者：如发现本书有质量问题请与印刷厂质量科联系　T：0512-68180628